16 CONTES
DE GRANDE-BRETAGNE

© Éditions Flammarion pour le texte et les illustrations, 2006
© Flammarion pour la présente édition, 2011
87, quai Panhard-et-Levassor – 75647 Paris Cedex 13
ISBN : 978-2-0812-5643-9

OLIVIER LARIZZA

16 CONTES DE GRANDE BRETAGNE

Illustrations de Frédéric Sochard

Flammarion Jeunesse

Introduction

Il n'est sans doute pas superflu, pour commencer, de rappeler que la Grande-Bretagne (Great Britain) se compose de trois pays : l'Angleterre (England), l'Écosse (Scotland) et le pays de Galles (Wales) qui ont tous l'anglais pour langue officielle. Ce recueil réunit quinze contes issus de cet ensemble ainsi qu'une légende irlandaise.

Pour nombre de Britanniques, les contes de leur pays restent un domaine méconnu. Surtout en Angleterre, comme j'ai pu le constater lors de mes voyages. J'eus notamment l'occasion de converser avec d'éminents professeurs de littérature tels que Cedric Watts ou David Lodge, devenu mondialement célèbre pour ses romans. Ces spécialistes me parlèrent facilement des contes féeriques d'Écosse ou des épopées irlandaises qui mettent en scène saint Patrick ou Cuchulain. Mais quand je les interrogeais sur les contes traditionnels d'Angleterre, ils se faisaient moins loquaces. Cela m'étonna et attisa ma curiosité.

Tout le monde connaît bien sûr les exploits de Robin des Bois. On me citait le roi Arthur, ses chevaliers de la Table ronde et le magicien Merlin. On m'évoquait les histoires génialement immortalisées par William Shakespeare, celles du roi Lear ou de Macbeth. On mentionnait encore les Contes de Cantorbéry *(*The Canterbury Tales*) écrits par Chaucer au xive siècle,* Winnie l'Ourson *et les histoires pour enfants inventées par les écrivains victoriens Rudyard Kipling, Lewis Carroll ou Beatrix Potter. Mais le conte traditionnel anglais, celui qui se transmet oralement et n'existe que dans la mémoire collective, le récit sans forme fixe que l'on raconte le soir au coin du feu, demeurait une énigme. « Il faudrait faire des recherches », concluaient mes interlocuteurs.*

Cet embarras s'explique aisément avec du recul : si l'on ne parvient pas à vous raconter ni même à vous citer spontanément des contes traditionnels anglais, c'est certes parce que la tradition orale n'est pas vivace en Angleterre, mais avant tout parce qu'elle a subi les influences des diverses peuplades qui ont envahi et façonné la nation au cours des siècles. Les Celtes, les Romains, les Saxons, les Angles, les Jutes, les Danois, les Normands ont chaque fois apporté leur propre mythologie. Au contraire, le pays de Galles, l'Irlande et l'Écosse n'ont jamais été conquis par les Anglo-Saxons : leur histoire et leur culture, à quelques nuances près, sont essentiellement celtiques.

En raison de ces mélanges, il n'existerait donc pas de héros purement anglais. Par exemple, les légendes médiévales de Beowulf et de Havelok illustrent les idéaux danois. À travers le personnage de Roland, ce sont les valeurs chevaleresques normandes qui transparaissent, tandis que les Vikings laissent leur empreinte dans la populaire saga islandaise de Howard the Halt. *Sans doute l'apport normand, permis par la conquête de William d'Orange en 1066, est-il le plus significatif ; il a en tout cas unifié la nation anglaise et engendré nombre de héros tels que le célèbre Robin des Bois (*Robin Hood*) ou le moins célèbre* Hereward the Wake, *incarnation légendaire de la résistance anglo-saxonne face aux envahisseurs venus de France. Toutes ces figures, si fascinantes soient-elles, brillent par leur absence dans le présent recueil. Pourquoi ?*

Non pas à cause de leur origine composite, mais essentiellement parce qu'elles relèvent davantage de la légende que du conte proprement dit. La frontière entre les deux reste floue, c'est vrai. Il y a sans doute une différence de longueur, d'envergure : d'ordinaire le conte est plus bref. Mais surtout la légende comporte obligatoirement des éléments historiques que le prisme de l'imagination et du merveilleux a transformés, magnifiés ; à l'inverse, le conte ne se rattache pas à l'histoire des grands hommes. Il m'a de toute façon fallu faire des choix pour constituer ce recueil. Si l'on y trouvera la légende de Thomas le Poète, celle de Lady Godiva et celle de Oisin, j'ai plutôt privilégié le conte populaire et ses côtés attrayants : son aspect anodin et pittoresque, l'anecdote succulente, le caractère et les valeurs humaines universels qu'il permet de dépeindre.

Il me semblait également utile de faire connaître quelques-uns de ces récits méconnus alors que les anthologies de légendes et mythes d'Angleterre ou de Grande-Bretagne ne sont pas rares, surtout en langue originale. J'ajoute que certaines d'entre elles mériteraient un livre à elles toutes seules : je songe notamment à la légende arthurienne et la fabuleuse quête du Graal auxquelles la collection « Flammarion Jeunesse » a déjà dédié un ouvrage. Enfin, mes goûts personnels ont une large responsabilité dans le choix des histoires racontées ici : d'avance je m'en excuse. J'aurais pu m'intéresser au géant Albion, fils du dieu de la mer Poséidon, qui passe pour avoir fondé le peuple britannique. J'aurais pu narrer la légende, dont on retrouve des variantes dans chaque pays du Royaume-Uni, des guerriers endormis qui gardent un inestimable trésor au fond d'une caverne. J'ai retenu d'autres récits. Tous recèlent des charmes et nous enseignent quelque chose sur l'inconscient collectif des cultures dont ils émanent. La plupart nous donnent aussi une leçon de vie.

*Je souhaite dire ici quelques mots sur l'écriture même de ces textes. Puisque le conte populaire naît dans l'oralité, qu'il est par définition une manifestation orale, on en rechercherait en vain une version première. Dès lors qu'un écrivain fige un conte par l'écrit ou le reprend sous sa plume, il le refond et le réinvente. Aucun recueil, celui-ci pas plus que le précédent que j'ai publié dans la même collection (*24 Contes des Antilles*), ne saurait être simples compilation et traduction. Chaque conte, s'il part d'une matière connue et partagée, inscrite dans le patrimoine, est une nouvelle création où s'expriment la vision, l'imagination, le style propre de l'auteur. Il faut, comme le pensait Andersen, raconter à sa manière et « rafraîchir les couleurs des images qui ont pâli ». Chaque conte, à partir du moment où il est couché sur le papier, est donc inévitablement une transgression de la tradition. Mais toujours, je l'espère, pour le plus vif plaisir du lecteur.*

L'histoire du chien noir – comme celle du géant et du cordonnier – appelle une remarque supplémentaire puisqu'elle figure à la fois en français et en anglais. Je l'ai d'abord écrite en français, à partir de l'anecdote que j'avais dénichée, puis j'ai essayé de la traduire. Là aussi, cette traduction s'est vite transformée en une nouvelle création, car lorsque l'on s'exprime dans une autre langue, on voit et on ressent les choses différemment : on écrit également en fonction de ce que l'on a vécu dans cette langue. Au final, toutefois, je crois la version anglaise plutôt fidèle à la version française.

Voilà, il ne vous reste plus qu'à découvrir ces histoires tantôt drôles et cocasses, tantôt étranges et inquiétantes, parfois mélancoliques ou moralisantes. Et n'oubliez pas, comme le dit un proverbe insulaire, que la vie ressemble à un conte : ce n'est pas sa longueur qui importe, c'est sa valeur !

Olivier Larizza

1. La sirène de Zennor

À la lecture de cette jolie histoire, on peut penser à La Petite Sirène, *le merveilleux récit publié en 1837 par l'écrivain danois Hans Christian Andersen.*

Sur la côte des Cornouailles, dans la pointe sud-ouest de l'Angleterre, s'étend le village de Zennor. Il existe depuis des siècles, ayant résisté à toutes les intempéries de la région, au vent mauvais qui chavire les bateaux, aux vagues grises qui déferlent sur les corniches. C'est un village courageux où quelques pêcheurs bravent encore les dangers de la mer celtique.

Autrefois, celle-ci représentait tout pour les habitants de Zennor. Elle contenait le poisson dont ils se nourrissaient et faisaient commerce, et c'était par elle qu'ils transitaient pour se rendre dans une autre ville côtière. Le temps ne se mesurait pas sur des horloges mais grâce au mouvement des marées, et c'était d'après la course des harengs qu'on calculait le passage des mois et des années.

Bien sûr, la mer était parfois cruelle et emportait des vies. Ses flots en colère rappellent qu'il y a toujours un tribut à payer à la nature pour ce qu'on lui prend et ce qu'elle nous donne. Le vent passait alors à travers l'âme des disparus, il vibrait et, depuis le village, on entendait des sanglots longs comme des violons.

Quand l'immensité restait tranquille, que les pêcheurs revenaient d'expédition fiers d'eux-mêmes, les bateaux chargés de poissons, les habitants de Zennor se retrouvaient à la vieille église pour célébrer leur fortune et remercier le ciel. Le chœur chantait à merveille, et s'il chantait aussi bien, c'est que Matthew Trewella y officiait. C'était un jeune homme dont la beauté fulgurante n'avait d'égale que la voix : une voix suave et mystique à la fois, mélodieuse comme un envol de cygnes sur le lagon du mystère. Si tout le chœur chantait, la voix de Matthew ressortait encore, même les cloches de l'église s'inclinaient. C'était une voix qui vous transportait vers le rêve.

Un après-midi où toutes les familles s'étaient réunies à l'église, les bateaux de pêche étant restés à quai, quelque chose frissonna dans l'eau calme du crépuscule. Un soleil cuivre-fée tremblait sur la mer et, au beau milieu de cette lumière, apparut tout à coup une créature étrange. Elle ressemblait à une femme, du moins de la tête au bassin, et son joli visage brillait comme celui d'un ange. Mais elle n'avait pas de jambes, à leur place se mouvait une longue queue pourvue d'une nageoire et d'écailles argentées. C'était une sirène surgie d'un monde sous-marin.

Elle s'appelait Morveren, c'était l'une des filles du roi des profondeurs. Tout au fond de l'océan vivait en effet un royaume secret, peuplé d'êtres mi-terrestres mi-marins. Des êtres qui ne pouvaient pas se mêler à l'univers hostile des hommes. Mais en entendant ce chant irréel qui dansait sur l'écume, Morveren avait eu envie de se rapprocher de la terre ferme. Elle se dirigea vers un rocher pour s'y asseoir et écouta encore quelques instants, jusqu'à ce que la brise faiblissant avec le jour ne fût plus assez puissante pour porter la mélodie à ses oreilles. Alors, avant que le soleil ne disparût derrière l'horizon, Morveren plongea et nagea jusqu'au trône de son père.

Ce dernier était en train de se faire coiffer dans son palais, lequel se réduisait en fait à une grotte obscure, creusée dans la roche par l'érosion marine. Ce roi était si vieux que ses cheveux viraient au péridot, couleur des algues, et son visage ridé paraissait une gravure sur du bois de charpente ayant trempé trop longtemps dans l'eau de mer. De son grand âge, le monarque retirait toutefois une sagesse infinie. Quand sa fille lui annonça vouloir se rendre au pays des humains, il secoua sa tignasse d'algues défraîchies en signe de refus.

— Tu n'y penses donc pas ! s'étrangla-t-il. C'est de la folie pure...

— Si vous aviez entendu ce chant, père ! Je vous en prie, laissez-moi y aller !

— Il suffit d'entendre, mon enfant. Il n'est pas toujours bon de voir. Nous ne devons pas fouler la terre de l'homme.

— Si vous me l'interdisez, alors je pleurerai.

C'était là une grande menace car on n'avait jamais vu une sirène pleurer, et on ne devait pas laisser une telle chose advenir sous peine de mettre la sirène en danger de mort. Aussi, comme les yeux de Morveren rougissaient, le roi poussa un soupir rauque et puissant qui fit rouler les vagues à la surface de l'eau.

— C'est d'accord... concéda-t-il du bout des lèvres. Tu peux y aller, à condition d'être extrêmement prudente : couvre ta queue de ta robe la plus longue, et cache tes cheveux sous un foulard.

La chevelure de la sirène était en effet d'un blond si lumineux qu'il ne pouvait être humain.

— Merci, père ! exulta Morveren. Vous ne le regretterez pas !

La créature suivit à la lettre les conseils du souverain. Elle enfila une robe incrustée de jade et de corail, dissimula minutieusement ses cheveux sous un large tissu, et se lança le lendemain dans l'aventure la plus périlleuse de sa vie.

C'est au sortir de la mer que les difficultés débutèrent. Il n'était pas facile à Morveren de se déplacer sur le sol, d'autant plus qu'il lui fallait gravir un sentier assez raide. Mais elle s'y employa de toutes ses forces, s'agrippant à des arbres, des buissons, et elle parvint à se hisser jusqu'à la place de l'église. Elle arriva juste à temps pour le début des louanges, or du temps elle n'en disposait pas beaucoup : elle ne pouvait rester trop longtemps hors de l'eau, au risque de suffoquer et de finir comme un hareng desséché.

Morveren s'installa près de la porte, de manière que personne ne fît attention à elle. De toute façon, les fidèles gardaient les yeux rivés sur leur livre de prières ou sur le chœur et le beau Matthew. Morveren passa ainsi totalement inaperçue. On ne la remarqua pas, mais *elle* remarqua l'incroyable chanteur.

Au milieu du chœur, elle ne voyait que lui et ses yeux de licorne, comme des éclats d'émeraude sur un drap de tendresse. À peine Matthew avait-il ouvert la bouche que le charme opéra. L'assemblée tout entière se laissa transporter par le chant du jeune homme vers un autre univers, une autre dimension, un monde fait d'amour et d'arcs-en-ciel. La sirène, elle, venait de *s'élever* amoureuse.

Toutes les fois où la mer était clémente, Morveren savait que la pêche s'avérerait fructueuse et que les habitants de Zennor feraient la fête. Elle revenait alors sur la terre ferme écouter et voir son idole. Elle restait seulement le temps de la messe, puis repartait aussitôt dans son monde inconnu. Cela dura plusieurs mois. Et bientôt une année entière s'écoula.

Matthew Trewella avait mûri, sa voix s'était encore épanouie. Morveren en percevait la moindre modulation, elle qui ne changerait jamais car ainsi sont faites les sirènes. De rencontre en rencontre, elle devenait plus amoureuse, en secret bien sûr, abritée de la curiosité par ses amples vêtements. Mais un jour, enivrée de bonheur, s'oubliant totalement, elle resta dans l'église plus que de raison.

La messe terminée, les fidèles avaient commencé de quitter le lieu. Morveren demeurait immobile, fixant le beau Matthew. Elle poussa un soupir guère plus audible que le murmure de la mer, pourtant le jeune homme l'entendit. Il regarda dans sa direction et vit ses yeux qui étincelaient dans la pénombre. Quelques mèches rebelles étaient sorties du foulard, dessinant dans la nef un arc de lumière. Matthew sentit son cœur se soulever. Et il se dit qu'il venait de trouver l'amour.

La sirène prenait peur. Son père l'avait bien prévenue qu'aucun mortel ne devrait la reconnaître. Or Matthew la scrutait maintenant, comme s'il essayait de percer ce doux mystère qui l'envoûtait. Peu à peu Morveren perdait ses moyens, d'autant plus qu'elle éprouvait le besoin urgent de se jeter à l'eau. L'air de l'église était sec, l'asphyxie menaçait. C'est alors qu'elle se précipita vers la porte.

— Arrête ! cria Matthew. Attends-moi !

Il courut vers elle et faillit se prendre les pieds dans son foulard qui était tombé par terre.

Morveren sanglotait sur le parvis de l'église, la tête nue, le teint blême, sa chevelure rayonnant dans le crépuscule. On aurait dit qu'elle avait des cheveux de soleil.

— C'est incroyable ! s'extasia un fidèle. C'est un miracle !

Certaines personnes éprouvaient de la crainte, d'autres de la fascination, mais tous étaient sidérés par le spectacle qu'ils voyaient là.

La sirène voulut fuir ou mourir sur place. C'en était trop pour elle. Elle s'efforça d'échapper à la foule, mais elle se prit la queue dans sa longue robe. Matthew la saisit par le bras juste à temps pour l'empêcher de s'affaler.

— Ne pars pas ! la supplia-t-il. Qui que tu sois, reste avec moi, s'il te plaît !

Il aperçut la pointe de la queue de poisson qui dépassait de la robe. Mais il y prêta peu d'attention, cela ne lui importait guère. Tout ce qu'il voulait à ce moment-là, c'était être avec elle, rester à ses côtés.

— Je te suivrai où que tu ailles, coûte que coûte, lui dit-il.

— Alors emmène-moi près de la mer ! souffla-t-elle.

Il aida la créature à se relever sous le regard stupéfait des habitants qui s'approchaient d'elle.

— Ne la touchez pas ! ordonna-t-il en les repoussant de la main. Laissez-la tranquille !

En un éclair, Matthew la prit dans ses bras et se mit à courir le plus vite qu'il pouvait. Les habitants se lancèrent à leurs trousses tandis que la mère du jeune homme s'époumonait :

— Reviens tout de suite ! Reviens !

La voix de la femme diminuait petit à petit, car Matthew avait déjà parcouru une distance considérable. Il était vigoureux, et cela ne lui posait aucun problème de porter la sirène alors que les habitants du village peinaient à le suivre.

Soudain Morveren eut l'ingénieuse idée de détacher les bijoux incrustés dans sa robe. En voyant tous ces trésors rouler sur le sol, les éclats de corail et les perles de jade, les habitants oublièrent aussitôt l'objet de leur course-poursuite : ils se jetèrent sur les joyaux comme des loups affamés sur un quartier de viande.

Au loin, la mère de Matthew pleurait déjà. Elle n'était plus qu'un petit point de tristesse perché sur le coteau.

Quand le jeune homme atteignit le rivage, l'océan s'était déjà trop retiré pour permettre à Morveren de nager sans entraves. Les vagues sombres, imposantes, s'écorchaient sur les rochers. Alors Matthew, portant son amour à bout de bras, s'enfonça jusqu'aux épaules dans la masse liquide et froide qui grondait devant lui. Mais les vagues grandissaient de plus belle, et tout à coup les eaux se refermèrent sur les deux jeunes gens.

On n'a plus jamais revu Matthew à la surface du globe. Et pour cause : il est parti vivre pour toujours avec Morveren, sous la protection de son bon père, dans le royaume des profondeurs marines. C'est là qu'ils vivent en harmonie parmi les fonds bleu-vert, les poissons-lunes et le sel du désir...

Matthew n'a jamais cessé de chanter pour l'immense plaisir de celle qui est devenue son épouse.

Il chante aussi pour ses anciens amis pêcheurs, car il sait les dangers qu'ils encourent en partant à la pêche. Il chante d'une voix claire quand la mer est paisible, il chante d'une voix grave quand le roi s'apprête à tempêter. Ainsi les pêcheurs peuvent-ils choisir de lever l'ancre ou de rester prudemment à quai. Et l'on n'entend plus guère les longs sanglots des âmes naufragées. C'est une autre mélodie qui se dissémine sur les flots, jusqu'au village de Zennor. Une mélodie venant d'ailleurs, mais qui veut dire : *Je suis encore parmi vous !*

2. Le renard et le loup

Voici la déclinaison galloise et originale, plutôt enjouée, d'un conte bien connu que l'on croise dans nombre de cultures à travers le monde.

Il était une fois un renard et un loup qui s'étaient installés ensemble dans une grotte de la côte galloise. Chose inhabituelle, les deux animaux s'entendaient bien : la journée, ils chassaient de concert et, le soir, ils rentraient sur les rotules, heureux de se partager le fruit de leurs efforts.

L'entente dura un bon moment, à tel point que, le samedi, Loup consentait à balayer la grotte avec des fougères tandis que son acolyte cuisait la plus belle de leurs prises. On aurait dit qu'ils formaient un couple parfait. Mais c'était compter sans le tempérament roublard du cynique renard...

Par une nuit de novembre où le ciel se déchaînait, fouettant la mer d'Irlande d'un vent maudit, un navire en provenance de l'île verte fit naufrage sur la côte. Le lendemain matin, alors que le soleil brillait à nouveau, les deux amis fouillèrent les débris sur la plage, dans l'espoir d'y découvrir quelque trésor. C'est alors que Loup tomba sur un énorme baril.

— Viens voir ! fit-il à son copain, tout heureux. Je crois que j'ai trouvé un tonneau plein de whisky !

Tout le monde sait que l'Irlande produit du bon whisky. Ce que l'on sait moins, en revanche, c'est qu'elle fabrique un beurre salé d'exception.

— Ce n'est pas ça qui te rendra ivre ! ironisa Renard en ouvrant le couvercle d'un œil gourmand. Ce n'est pas du whisky, c'est du beurre !

Et déjà il réfléchissait à une stratégie pour ne pas avoir à le partager.

— Du beurre ! exulta l'autre en se pourléchant les babines. J'adore ça !

Et comme Loup précipitait son museau vers le contenu du baril, Renard haussa le ton :

— Arrête, malheureux ! Tu ne vas quand même pas le manger tout de suite...

— Ben... si ! rétorqua Loup d'un air bête. J'ai faim.

— Tu n'as donc aucun sens de la prudence, mon ami ! Comment peux-tu un instant songer à engloutir ce beurre providentiel maintenant alors que les granges regorgent de grains et que les fermes abondent de canards dodus ? Dans quelques mois au contraire, il n'y aura plus rien : le grain aura été consommé, et la volaille vendue au marché. Alors comment ferons-nous ? Non, non... Il faut absolument conserver ce beurre, il nous sera tellement utile au début du printemps. On va enterrer le tonneau et on viendra le rouvrir à ce moment-là. Tu es d'accord ?

Loup baissa les yeux en signe d'acquiescement, éprouvant même une certaine honte à ne pas avoir pensé à tout cela. C'est qu'il se savait bien moins intelligent que Renard.

— C'est la meilleure solution, ajouta ce dernier. Moi aussi j'aimerais bien goûter cette belle crème jaune, mais il faut résister ! En prévision des jours maigres. Allez ! On enterre le baril et on va chasser...

Le gros animal le suivit, un tantinet penaud. Rêvant en secret à son délice d'or gras.

Une semaine se passa, et le tonneau de beurre semblait oublié.

Un matin, Renard se traîna péniblement hors de la grotte. Loup l'attendait pour partir à la chasse.

— Ah !... Il y a des jours où la vie est un fardeau, soupira le goupil alors qu'un rayon de soleil faisait scintiller dans son œil un éclat de ruse.

— Qu'est-ce qui ne va pas ? demanda l'autre, toujours gentil et prévenant, parfois au point d'être stupide.

— Une vieille connaissance à moi, qui vit en haut des collines, m'a invité à un baptême. Tu imagines comme c'est loin ?

— Tu es vraiment obligé d'y aller ? Tu ne peux pas lui envoyer une lettre d'excuse ?

— Cela m'est difficile : je suis le parrain.

— Je vois...

— Non, je vais y aller... Et faire abstraction de mes propres désirs. C'est si important de faire plaisir à autrui...

— Comme tu es généreux !

Ce bête de Loup ne se doutait de rien. Renard se mit donc en route, laissant son naïf complice seul dans la caverne. Il se rendit au baptême imaginaire où il déterra le tonneau de beurre enfoui dans le sable du rivage. Il s'en mit plein la panse et revint à la grotte vers minuit, le ventre tendu. Loup, qui somnolait, se réveilla en l'entendant rentrer.

— Alors, lui demanda-t-il, comment ils ont appelé l'enfant ?

— Euh... Oh ! Ils lui ont donné un nom étrange... Oui, oui, un nom très étrange... irlandais, me semble-t-il...

— Ah bon ? C'est quoi ?

— Euh... Soup O'Ley. C'est ça : ils l'ont baptisé Soup O'Ley.

Loup se gratta la tête : il n'avait en effet jamais entendu un nom aussi bizarre. Mais il ne voyait pas Renard qui, dissimulé dans la pénombre du fond de la caverne, se gaussait de sa crédulité.

La semaine suivante se répéta la même comédie. Renard s'absenta pour un baptême, du moins c'est ce qu'il prétendit. Il avala une grande partie du beurre que contenait le fameux baril et, à son retour, surprit Loup qui le questionna sur le prénom du prétendu enfant.

— C'est un nom moins rare ! dit-il. Mais la famille Ober a des origines allemandes. Cette fois-ci, l'enfant s'appelle Pat. Pat Ober...

La semaine suivante, au grand étonnement de Loup qui commençait à regretter de ne pas avoir autant d'amis que Renard, ce dernier prétexta un nouveau baptême, à une quinzaine de kilomètres de là. Comme les autres fois, il prit un air accablé avant de partir à la plage où patientait le baril de beurre. Il le vida cette fois-ci totalement de son contenu, et s'en retourna plein comme un volcan prêt à exploser.

Quand Loup lui demanda comment s'appelait l'enfant, Renard inventa un prénom tellement fantaisiste qu'il ne pouvait être que réel — ce sont en effet souvent les mensonges les plus gros qui passent le mieux.

— Le bébé répond au nom de Crémant. Ses parents viennent de France, ils possèdent des vignes et produisent du vin blanc. Ils font partie d'une grande et très ancienne dynastie, les Glaise.

— Eh bien ! s'étonna Loup. Tu en as, des relations importantes...

— Oui oui... pouffa discrètement Renard en se maintenant le ventre où fermentaient des litres de beurre. Je connais la crème de la crème...

À partir de ce moment-là, Renard ne reçut plus aucune invitation.

Le temps passa vite, comme à son habitude. Trop vite... Et le printemps arriva, aiguisant les appétits.

— Il est temps d'aller déterrer le baril de beurre ! lança un matin notre Loup affamé.

— Le baril ? Quel baril ? interrogea Renard.

— Voyons... Le tonneau charrié par la mer, qu'on a découvert en novembre. Tu ne te souviens pas ? Un tonneau rempli de beurre... Je ne t'ai jamais rien dit depuis tout ce temps, mais pas un jour ne s'est écoulé sans que j'y repense.

— Ah oui... Ça me revient maintenant.
— Alors ? On va le récupérer ?
— Comme tu veux...

Renard était embarrassé, mais il n'en fit pas montre. Les deux copains quittèrent aussitôt la caverne. Et tout en cheminant, Renard élabora son stratagème.

Arrivés à l'endroit fatidique, ils creusèrent, déblayèrent le sable et firent ressurgir le trésor englouti. Loup se frottait les pattes, mais comme Renard ouvrait le tonneau, son visage s'assombrit gravement.

— Il est vide ! hurla le coquin. C'est ton œuvre, hein ? jeta-t-il au grand Loup en le fusillant du regard. Tu es venu jusqu'ici en cachette et tu as tout mangé, n'est-ce pas ? Je n'aurais jamais dû te faire confiance...

— Mais non ! Je n'y suis pour rien ! Je te promets ! C'est à n'y rien comprendre...

— Allez ! Arrête de mentir !

— Mais je te le jure ! Je suis gourmand, c'est vrai, mais je ne t'aurais pas fait ça ! Pas derrière ton dos ! Tu me connais...

— Justement !

La ruse de Renard fonctionnait, à tel point que son compagnon commençait à culpabiliser de ce forfait qu'il n'avait pas commis.

— J'aurais dû être plus vigilant... lâcha-t-il, les yeux mouillés de remords.

— Je suis sûr que c'est toi ! renchérit Renard. Personne d'autre ne savait où se cachait le tonneau. Et puis tu as le poil lustré comme un ragondin...

Pauvre Loup ne disait plus rien, lui qui avait l'air aussi maigre qu'un clou et dont le pelage paraissait plus terne qu'un vieux paillasson.

— Viens, on rentre ! conclut Renard, feignant une colère irréversible.

Loup suivit péniblement, laissant choir sur le chemin des larmes d'innocence.

Durant tout le trajet qui menait à la grotte, Renard continua de faire des reproches à sa pauvre victime qui n'avait de cesse de plaider non coupable.

— Es-tu prêt à le jurer encore ? insista mister Renard.

— Bien sûr que oui ! affirma l'autre.

À travers l'entrée de la caverne, le soleil dardait un timide rayon sur le grand animal. Celui-ci leva la patte droite et prononça une sorte de serment :

Si c'est moi qui ai volé le beurre,
Que sur l'instant je sois frappé de malheur.

If it is true that I was so greedy
May a fateful disease fall on me.

À peine avait-il achevé sa phrase qu'il remarqua le pelage impeccable de son camarade, que le rayon de soleil faisait reluire. Les poils de Renard étaient lisses, d'un roux splendide. Cela éveilla les soupçons de Loup.

— Comment se fait-il que tu aies l'air en aussi bonne forme ? finit-il par lui demander. L'hiver a pourtant été difficile...

— Oh... Tu trouves vraiment que je suis en forme ? Moi je me sens fatigué...

— Au contraire ! Tu brilles comme un sou neuf ! Allez, c'est à toi de jurer maintenant.

— À moi ? Comment ça, à moi ? C'est toi, l'accusé ?

— C'est toi qui m'accuses. Mais nous étions deux à savoir où se trouvait le tonneau...

— Tu insinues que c'est moi qui l'aurais volé ? interrompit l'imposteur. Là tu me déçois, je ne te croyais pas capable de penser une chose pareille à mon égard, moi qui suis ton meilleur ami...

— Je n'insinue rien du tout, mais il faut que tu jures aussi. Ainsi nous serons à égalité.

— Bon... Si ça peut te faire plaisir...

Renard essaya encore de temporiser, chercha plusieurs excuses, mais son compagnon ne cédait pas. Le goupil prenait peur, car s'il était roublard et malhonnête, il avait reçu dans sa jeunesse une éducation chrétienne très stricte, et il savait que le parjure est un terrible péché. Quant à Loup, il devenait de plus en plus suspicieux devant les esquives douteuses de son interlocuteur. Comme celui-ci n'avait pas le courage d'avouer la vérité, il se résolut à prêter serment :

> *Si c'est moi qui ai volé le beurre,*
> *Que je sois puni par un grand malheur.*
> *Croix de bois, croix de fer,*
> *Si je mens j'irai en enfer !*

> *If it is true that I was so greedy*
> *May some terrible punishment fall on me.*
> *And if I ever happen to lie,*
> *Then I shall be ready to die!*

Les soupçons de Loup disparurent aussitôt après qu'il entendit son camarade jurer de la sorte. Mais Renard avait maintenant mauvaise conscience, et il ne pouvait s'en accommoder.

— Écoute, dit-il à Loup alors qu'il s'imaginait déjà brûler vif en enfer, le coupable est forcément l'un de nous deux. Je suggère donc que l'on se poste tous les deux près de la cheminée, comme ça le beurre avalé fondra et suintera sur le pelage du coupable. OK ?

Loup, qui ne voyait guère plus loin que le bout de son museau, accepta le marché, sans prendre garde au fait que le petit malin était en train de le placer là où le feu de cheminée flambait le plus fort.

Mais Loup, je l'ai déjà dit, était maigre comme un clou. Le feu ne l'incommodait guère, alors que la graisse qui s'était accumulée dans le corps de Renard commençait à lui tenir très chaud. Il se sentait de plus en plus mal, et son malaise transpirait à grosses gouttes. Ainsi la certitude de Loup se forgea-t-elle, et le grand animal comprit que le coupable était bien Renard.

— Je crois qu'on peut s'arrêter là… marmonna ce dernier au bord de la suffocation. Le beurre ne ressort pas, aucun de nous n'est donc en cause. Ce doit être un autre qui a fait le coup…

Il toussa, à la limite de l'étouffement.

— Pourquoi ne pas aller prendre un peu l'air ? suggéra-t-il.

Loup opina de la tête mais il voulait sa revanche. Comment aurait-il pu accepter de se faire avoir à ce point ?

Ils sortirent tous les deux et marchèrent quelques instants, jusqu'à ce qu'ils arrivent devant une forge où un pur-sang attendait d'être ferré.

— Tu vois l'écriteau accroché à la porte de cette forge là-bas ? demanda Loup.

— Ben oui…

— Je ne parviens pas à le lire. On ne sait jamais, ça pourrait peut-être nous apprendre quelque chose sur le coupable…

La vue de Renard n'était pas meilleure que celle du vieux Loup, mais sa vanité était bien plus grande, elle n'avait d'égale que sa malhonnêteté.

— Laisse-moi faire, dit-il, je vais te déchiffrer ça en cinq sec !

Sans vouloir l'admettre, il fut obligé de se rapprocher de la porte, juste derrière le cheval. Or ce dernier était extrêmement rétif. À peine s'était-il aperçu qu'un renard malvenu rôdait dans son dos qu'il lui décocha un coup de sabot phénoménal et, ce faisant, l'envoya directement en enfer.

À quelques mètres de là, le corps de Renard gisait, inerte à jamais. Et Loup, satisfait de sa vengeance, se rappela la bonne vieille parole de la Bible : *Vos péchés finissent toujours par vous rattraper.*

3. La colombe
et la mauvaise femme

Il était une fois un paysan qui avait deux jeunes enfants. L'aînée se prénommait Tresses-d'Or, et le cadet, Boucles-Brunes. Sa femme était décédée d'une longue maladie, et comme il crapahutait dans les champs toute la journée, ses chers enfants se seraient retrouvés livrés à eux-mêmes s'il n'avait pris un jour la décision de se remarier.

Hélas ! Trop pressé, il manqua de discernement et passa la bague au doigt d'une véritable marâtre. Elle détestait les enfants, alors qu'elle lui avait assuré les adorer avant qu'il ne l'épousât. Mais sa vraie nature se révéla une fois le mariage conclu.

La méchante femme rendait la vie impossible à toute la petite famille : elle râlait tout le temps, ne cessait de faire des reproches aux chérubins et les accablait de corvées inutiles. Leur pauvre père soupirait, des rivières de regrets lui montaient aux yeux, et il finissait par se dire qu'il aurait mieux fait de rester veuf.

Les années passèrent, les enfants grandirent dans la morosité. Ils étaient maintenant en âge de jouer seuls, s'amusant à gambader dans les prés, à courir autour de la maison, du moins jusqu'à ce que la méchante femme les semonçât sans aucune raison. Elle prenait en effet un malin plaisir à les faire pleurer. Et le pauvre père se désespérait devant tant de bonheur gâché.

Il continuait de travailler dur, oubliant un peu sa peine dans le labour des champs, l'enfouissant sous la terre en même temps que ses plants de salade qu'il couvait d'amour. Il chassait aussi et ramenait du gibier à la maison. Un jour, il rapporta un lièvre magnifique. Il donna la superbe prise à sa femme et repartit travailler jusqu'à la nuit tombante.

La mégère ne se fit pas prier, car si elle était d'une terrible mauvaiseté envers les enfants, elle possédait de vrais talents de cuisinière. Comme un défaut ne va jamais seul, elle était également très gourmande. Ainsi, au fur et à mesure qu'elle mijotait le lièvre dans un ragoût au romarin, elle en goûtait de larges portions, tant et si bien qu'il ne resta bientôt presque plus de viande.

À travers la fenêtre de la cuisine, la boule du soleil virait au rouge en disparaissant derrière la colline. Le mari allait rentrer. Et que trouverait-il sur la table ?

C'est alors que la femme aperçut Boucles-Brunes qui riait dans les dernières lumières du jour. Debout près du grand chêne surplombant la maison, il suivait du regard un petit écureuil roux qui s'enroulait autour du tronc. Le petit garçon riait de plus belle, comme si toute la joie du monde brillait au fond de ses yeux. La méchante femme ne put le supporter.

— Boucles-Brunes ! pesta-t-elle. Rentre tout de suite, au lieu d'effrayer les animaux !

— Mais je...

— Tais-toi et rentre immédiatement ! Ou je te fouette avec le martinet !

Le petit homme s'exécuta, les poings serrés de douleur et de colère. Il se présenta devant la femme qui touillait sa gamelle de terre cuite.

— Regarde comme tu es sale ! aboya-t-elle encore.

Et comme elle s'approchait pour lui passer un chiffon sur le visage, elle lui asséna un terrible coup de marteau sur la tête. Boucles-Brunes s'écroula.

— Eh bien, voilà... dit la femme à voix basse, satisfaite. J'ai de quoi refaire mon ragoût, maintenant.

Le paysan rentra des champs et s'attabla en compagnie de sa femme et de Tresses-d'Or. Il avait une faim de loup. La table était bien mise, avec au milieu un napperon bleu ciel, brodé à la main, sur lequel l'épouse posa la marmite fumante.

— Mmmm ! fit l'homme en soulevant le couvercle et en approchant son nez. Ça sent divinement bon !

Il plongea sa grande cuiller en bois dans la marmite et la porta à ses lèvres. Il souffla dessus.

— Mais... Où est Boucles-Brunes ? demanda-t-il.

— Ce sale garnement est encore allé Dieu sait où ! vociféra la femme. Il n'écoute rien ! Et j'ai beaucoup trop de travail pour pouvoir le surveiller !

Comme le fermier avalait sa première cuillerée de ragoût, il buta sur quelque chose. Un morceau plus dur que le reste.

— Mais... fit-il en sortant de sa bouche l'os charnu. Mais... c'est le pied de Boucles-Brunes !

En voyant le petit pied de son frère, Tresses-d'Or se couvrit les yeux, horrifiée. Son père faillit s'étouffer.

— Que racontes-tu donc ? trompeta la mégère. Je ne vois pas ce que le pied de ce chenapan ferait dans le ragoût !

— Regarde ! gémit le fermier en sortant un autre morceau de la marmite. C'est sa main, je la reconnais bien !

Il s'effondra en larmes. Tresses-d'Or l'imita.

— Vous êtes tous les deux fous à lier ! barrit la vilaine cuisinière. Ce n'est qu'un lapin ! Et même si c'était cette saleté de garnement, il n'y aurait pas de quoi en faire un drame !

Le père et sa fille déversèrent toutes les larmes de leur corps. Au bout de longues minutes, ils se calmèrent. Prostrés par la douleur, ils sortirent un à un de la marmite les lambeaux du garçon, les déposèrent dans une serviette et les emportèrent dehors en silence. Là, sous le chêne en fleur, le fermier ensevelit dans la terre et les cailloux ce qui restait de son fils.

Tresses-d'Or et son père se cloîtrèrent dans le silence. S'ils avaient parlé, ils n'auraient pu exprimer que leur chagrin et leur ressentiment envers l'épouvantable femme.

Pendant ce temps, les os de Boucles-Brunes fermentaient dans le sol. Nourris par l'humus, ils grandissaient et se transformaient en oiseau. Une colombe blanche comme le jour. Par un bel après-midi, elle sortit de terre et prit son envol. Et tandis qu'elle virevoltait dans les airs, elle chanta :

Ma mère m'a cuisiné,
Mon père m'a mâchouillé,
Pendant que ma sœur était en pleurs,
Il m'a enterré sous l'arbre en fleur.
Petit à petit j'ai grandi
Jusqu'à devenir ce que je suis :
Une colombe plus belle que la lune,
Alors que je me prénommais Boucles-Brunes.

My mummy cooked me,
My daddy chewed me,
After my sister gathered my bones
He buried me under the stones.
And I grew and grew
To a milk-white doo,
And I took my wings
And away I flew.

L'oiseau voyagea jusqu'à une maison dont toutes les fenêtres étaient ouvertes. Il se percha sur l'un des rebords et vit à l'intérieur un homme très riche qui comptait des pièces d'argent. Elles formaient sur la table un tas immense. Voyant cela, l'oiseau entama le même refrain :

Ma mère m'a cuisiné,
Mon père m'a mâchouillé,
Pendant que ma sœur était en pleurs,
Il m'a enterré sous l'arbre en fleur.

*Petit à petit j'ai grandi
Jusqu'à devenir ce que je suis :
Une colombe plus belle que la lune,
Alors que je me prénommais Boucles-Brunes.*

*My mummy cooked me,
My daddy chewed me,
After my sister gathered my bones
He buried me under the stones.
And I grew and grew
To a milk-white doo,
And I took my wings
And away I flew.*

Dans un premier temps, l'homme s'effraya. Puis il se laissa porter par la douce mélodie. Quand la colombe eut terminé, il lui dit : « Si tu chantes à nouveau pour moi, mon petit oiseau, je te donnerai une partie de cet argent ! » Alors la colombe enchanta une nouvelle fois l'homme très riche de sa merveilleuse mélodie. Comme promis, celui-ci mit quelques belles pièces d'argent dans un sac et les lui offrit de bon cœur.

La colombe s'envola de nouveau, l'aile droite alourdie par le sac rempli de pièces. Elle arriva bientôt près d'un moulin, où deux meuniers moulaient du maïs. Elle se percha sur un sac de farine et leur chanta sa joie :

Ma mère m'a cuisiné,
Mon père m'a mâchouillé,
Pendant que ma sœur était en pleurs,
Il m'a enterré sous l'arbre en fleur.
Petit à petit j'ai grandi
Jusqu'à devenir ce que je suis :
Une colombe plus belle que la lune
Alors que je me prénommais Boucles-Brunes.

My mummy cooked me,
My daddy chewed me,
After my sister gathered my bones
He buried me under the stones.
And I grew and grew
To a milk-white doo,
And I took my wings
And away I flew.

Les deux meuniers sursautèrent de peur. Puis la douce mélodie les apaisa. Ils s'arrêtèrent de travailler pour mieux écouter. C'était comme si le chant les envoûtait.

À la fin, ils lancèrent en chœur : « Recommence, mon petit oiseau, et nous te donnerons cette superbe meule ! » La colombe déploya son plus grand talent et les charma une nouvelle fois. Comme convenu, ils lui offrirent la meule. Ils l'accrochèrent à son aile gauche et lui souhaitèrent bon voyage.

La colombe était chargée comme un mulet, mais elle trouva la force de voler jusqu'au cottage de son père, qui dînait en compagnie de Tresses-d'Or et de la mauvaise femme. Nul besoin de dire que le chagrin l'empoignait encore : depuis la mort de Boucles-Brunes, toutes les soupes lui semblaient amères.

L'oiseau se percha sur le toit en chaume de la maison et se délesta de ses affaires. Il descendit dans la cour, ramassa des cailloux et remonta sur le toit. Puis il se mit à lancer les pierres dans le conduit de la cheminée. Cela entraînait un tel vacarme, soulevait tant de poussière dans la maison que toute la famille s'affola.

— Qu'est-ce que c'est ? brama la méchante femme en se levant.

— C'est Boucles-Brunes ! Je savais qu'il reviendrait se venger !

Le père avait dit cela sans trop y croire, même s'il l'espérait très fort depuis la disparition de son cher fiston. Il faut dire que tout le monde, à cette époque, croyait aux fantômes et au pouvoir des revenants.

La colombe ne désarmait pas. Au contraire, elle lançait de plus en plus de cailloux. Comme le brouhaha s'amplifiait, la famille fut prise de panique. Et ils se précipitèrent tous les trois hors de la maison. Mais la mauvaise femme, qui était grosse et lourde à force d'être gourmande, se déplaçait avec davantage de difficultés : elle sortit la dernière, ce qui laissa le temps à l'oiseau de se munir de la meule. À peine eut-elle mis le nez dehors que celui-ci lâcha l'énorme pierre sur sa tête. La mégère s'écroula. Morte.

Tresses-d'Or et son père contemplaient le corps inanimé avec un grand soulagement. La colombe, elle, se saisit du sac rempli de pièces et le vida totalement.

— Il pleut de l'argent ! exulta le père. Il pleut de l'argent ! C'est un miracle !

Et, serrant très fort sa fille contre son cœur, il lui promit tout le bonheur du monde.

La colombe s'envola pour toujours, on ne la revit plus. Quant à Tresses-d'Or et à son père, ils vécurent heureux, et dans la gentillesse, jusqu'à la fin de leur vie.

4. Hugh et le Crooker

Il était une fois un marcheur en route vers Cromford. C'est là que vivait sa mère. Comme elle était très malade, il se hâtait de se rendre à son chevet. Qu'importe s'il faisait alors nuit noire. Parti tôt le matin, Hugh avait décidé de ne pas s'arrêter avant d'être arrivé à destination. Mais tandis qu'il marchait d'un pas soutenu, une voix le héla :

— Hello étranger ! Où vas-tu donc d'un pas si pressé, par un soir si sombre ?

L'homme scruta l'obscurité et put distinguer, sur la gauche du chemin, une vieille dame toute vêtue de lin verdâtre. Comme il n'était pas du genre taciturne, Hugh répondit affablement :

— Je vais à Cromford, madame. Désolé, c'est une urgence, je ne peux pas vous parler longtemps.

La femme pinça les lèvres.

— À ta place, j'attendrais demain matin pour continuer. Ce n'est pas prudent de marcher par ici la nuit...

— C'est vous qui me dites ça ? Je n'ai pas le choix, de toute façon. Je vous le répète : c'est une urgence.

— Alors prends ça, voyageur ! Pour te remercier d'avoir un jour libéré d'un filet un oiseau qui m'était cher.

L'étrange dame verte lui tendit un petit bouquet de fleurs.

— Des primevères ? s'étonna Hugh. C'est très gentil mais... Que voulez-vous que j'en fasse ? J'aurais plutôt besoin d'un bon médicament pour ma mère !

— Elles te seront très utiles, ces fleurs, si jamais tu as le malheur de croiser le Crooker.

— Le Crooker ? De quoi parlez-vous donc ?

La question du voyageur resta sans réponse. La femme venait subitement de disparaître dans un tourbillon de poussière. Le vent s'était levé. Les fleurs frémirent. « Ce sont des primevères et des mille-pertuis, pensa Hugh. Elles protègent des mauvais sorts... » Puis il repartit.

Il continua un bon moment. Il avait déjà oublié sa mystérieuse rencontre quand une deuxième voix troua la nuit.

— Bonsoir, voyageur. Vers où te dépêches-tu ainsi ?

Hugh regarda d'où venait la voix chevrotante et remarqua une silhouette verdâtre au bord de la route. Un instant il se demanda si ce n'était pas la même personne que tout à l'heure.

— Ça alors ? s'exclama-t-il. Je viens de croiser, il y a une heure à peine, une dame habillée exactement comme vous.

— Où cours-tu donc, voyageur ?

— Eh bien, je m'en vais rendre visite à ma mère qui est souffrante.

— Je le sais, en fait...

— Ah bon ?

— Oui, je te connais. Et je me souviens que tu as bon cœur : tu as un jour délivré d'un piège l'un des lapins que j'élève. Tiens, garde ça sur toi, au cas où...

— Au cas où je rencontrerais le Crooker, n'est-ce pas ?

— En effet.

— Mais de quoi s'agit-il donc ?

Seul le vent lui répondit. La femme venait de se volatiliser à son tour, lui laissant dans la main un autre bouquet de primevères et de millepertuis.

Hugh n'eut pas à marcher très longtemps avant de rencontrer une troisième femme à l'allure similaire. Elle lui offrit encore un bouquet, les mêmes fleurs protectrices, parce qu'il avait un jour gardé l'un de ses moutons qui s'était égaré. Le voyageur la remercia tout en s'agaçant de ne toujours pas savoir qui était ce prétendu terrible Crooker.

— Bon sang ! glapit-il. Allez-vous enfin me dire ce qui se passe ?

— Ne pose pas de questions, étranger. Suis simplement ce conseil : rejoins le pont de Cromford avant que la lune se lève.

— Pourquoi ? Pourquoi donc ?

Mais il récolta pour seule réponse le bruissement du vent dans les feuillages.

Les nuages se dissipaient peu à peu, laissant apparaître une partie du disque de la lune. « Elle se lève... », songea Hugh sans avancer plus vite. N'oubliez pas qu'il marchait depuis l'aurore, la fatigue lui crispait les muscles. Et quand il atteignit les rives cailouteuses de la Darrante qu'il lui fallait longer, il ralentit même, afin de ne pas déraper sur les mousses et les lichens qui tapissaient les pierres.

Le disque lunaire était maintenant presque entier. Sa clarté métallique projetait des ombres inquiétantes sur le sentier. La rivière grondait de plus en plus fort, on aurait dit l'estomac d'un ogre torturé par la faim. Hugh prenait son courage à deux mains, marchant tête haute pour éviter de voir ces ombres qui rampaient comme des serpents et grandissaient démesurément.

« J'ai faim ! », semblait répéter la Darrante dans ses gargouillements effroyables.

Hugh serrait contre lui les trois bouquets, espérant que les primevères et les millepertuis le sauveraient des invisibles démons qui rôdaient autour de lui, de la rivière qui grognait comme mille loups réunis.

Tout à coup, une ombre gigantesque surgit de l'eau tel un bras monstrueux.

« Le Crooker !... », haleta le voyageur.

Il cavala malgré la peur qui le tétanisait, malgré la fatigue qui lui sciait les jambes, pensant du plus fort qu'il pouvait à sa mère qui comptait sur lui.

« Donne-moi ces fleurs ! », rugit le fleuve dont le bras se détendait pour le saisir.

Hugh courait à perdre haleine. Une course effrénée. Mais dans sa hâte, il glissa sur une pierre humide et lâcha les trois bouquets, qui furent aussitôt engloutis par le monstre d'eau. Un mugissement terrible écartela le ciel...

Dans le village de Cromford, les gens s'étaient réveillés, affolés par le cri lointain qu'ils avaient entendu comme chaque fois que la créature faisait une victime. En quelques minutes, la rumeur avait enflé : « Un autre voyageur a succombé au Crooker...

Il faudra chercher le révérend demain matin pour qu'il célèbre une messe. »

À l'aube, les habitants accompagnés du révérend se rendirent près du pont, où s'érigeait une châsse en forme d'église. C'était là que toutes les victimes reposaient, afin que les villageois puissent honorer leur mémoire et ne jamais oublier le danger si proche...

Soudain, un rayon de soleil leur désigna une forme, tout près de la rivière qui coulait tranquillement dans son lit. Alors ils virent, agenouillé contre un frêne, un pauvre voyageur qui priait. C'était Hugh. Trempé jusqu'aux os mais bien vivant, il tremblait encore de la terrible épreuve qu'il venait de subir. Il tremblait, et dans ses prières il remerciait le ciel, ne sachant pas s'il devait son salut aux trois bouquets de fleurs ou à l'amour invincible qu'il éprouvait pour sa mère.

5. Le géant et le cordonnier

Ce conte explique l'origine du Wrekin, une colline où se dressent les vestiges d'une construction néolithique. Cette colline surplombe la plaine du Shropshire, région d'Angleterre limitrophe avec le pays de Galles.

Il était une fois un vieux géant gallois qui haïssait les habitants de Shrewsbury en Angleterre. Pourquoi, nul ne saurait le dire : était-ce la jalousie de savoir que ce petit peuple anglais prospérait dans la fraternité alors que lui n'avait pas un seul ami ? Avait-il un compte à régler avec le maire de la commune ? En tout cas, ce géant s'était mis en tête de dévier de son cours le fleuve

Severn de façon à inonder totalement la ville et noyer ainsi ses pauvres habitants.

Il se munit d'une bêche pleine de terre, dont il se servirait pour endiguer le fleuve et le détourner, puis il se mit en route. Malheureusement pour lui, et alors qu'il marchait d'un pas soutenu et déterminé, il se trompa de chemin. Au bout de quelques jours, il arriva, non pas à Shrewsbury, mais à Wellington.

— Ce n'est pas possible ! vitupéra-t-il contre sa propre bêtise, haletant, épuisé, plié sous le poids de la lourde pelle. Je n'ai pas pu prendre la mauvaise direction !

Le géant enrageait, mais il n'avait plus la force de repartir. Il resta debout un long moment, peinant à reprendre son souffle, quand passa à côté de lui un marchand de chaussures. Le petit homme tirait un sac énorme, bien plus gros que lui. Le géant s'en amusa.

— Hello ! lui lança-t-il. J'aimerais aller à Shrewsbury. Tu connais ?

Le petit homme connaissait très bien Shrewsbury. En fait, les bottes et les chaussures qu'il transportait appartenaient à ses habitants, qui les lui donnaient à réparer : une fois tous les quinze jours, l'Anglais venait les collecter, les rapportait dans son atelier de cordonnerie à Wellington, les y raccommodait, puis les retournait à leur propriétaire. C'est ainsi qu'il gagnait sa vie.

— Je connais très bien Shrewsbury, répondit-il.

— Ah... Parfait ! Et c'est encore loin ? demanda le géant d'un air mesquin.

Le petit Anglais aperçut cette lueur d'ignominie dans son regard, et il commença de se méfier de lui.

— Pourquoi veux-tu te rendre à Shrewsbury ?

— Pourquoi ! Pourquoi ! s'énerva le géant. Je t'en pose des questions, moi ?

— Oui.

L'autre ne sut que dire.

— Alors ? reprit le cordonnier. Pourquoi donc veux-tu te rendre à Shrewsbury ?

— Tu vois cette pelle ? grommela le géant en désignant de son énorme index gauche l'objet qu'il portait.

— Il me serait difficile de ne pas la voir... répondit le marchand qui ne devait pas être plus gros que le doigt de l'ogre.

— Eh bien, grâce à cette bêche, je vais tuer tous les habitants de Shrewsbury.

— Ah bon ? Tu veux les écraser ?

— Non, non, je suis bien plus subtil que cela. Je vais construire un barrage sur le fleuve Severn et je dévierai les flots sur la ville.

— Mais ils vont se noyer ! s'alarma le petit Anglais.

— C'est ça, oui : je vais les submerger.

Le marchand comprenait que l'affaire devenait sérieuse et qu'il lui fallait ruser s'il voulait éviter cette tragédie qui lui ferait perdre tous ses clients.

— Mais pourquoi tiens-tu donc à exterminer ces pauvres gens ?

— Je leur en veux ! Je leur en veux terriblement ! tempêta le géant dont le souffle faillit emporter le petit homme.

— Je comprends, dit ce dernier, mais je dois te prévenir : tu n'atteindras jamais Shrewsbury. Ni aujourd'hui, ni demain...

— Et pourquoi ça ? s'étonna l'autre.

— Regarde toutes ces chaussures, fit le marchand en déversant le contenu de son sac devant lui. Il y en a des dizaines, des centaines...

— Et alors ?

— Eh bien... Je reviens de Shrewsbury, et ce sont toutes les bottes et les chaussures que j'ai usées au cours du trajet.

— Oh mon dieu ! lâcha le stupide géant en prenant sa grosse tête dans les mains. Je crois que ça ne vaut pas la peine d'essayer ! C'est bien trop loin...

Il laissa choir sa bêche pleine de terre et, sans rien ajouter, rebroussa chemin vers le pays de Galles.

On n'entendit plus jamais parler de lui et on ne le revit plus dans le Shropshire. Mais à l'endroit où il laissa tomber le contenu de sa pelle, se forma une butte de terre : une colline que l'on connaît aujourd'hui sous le nom de Wrekin.

The Giant and the Cobbler

The following tale explains the origin of the Wrekin, a hill which bears the remains of an Iron Age construction. The hill overhangs the Shropshire plain which borders Wales.

Once upon a time there was an old Welsh giant who hated the inhabitants of Shrewsbury in England. Why, no one could say: was he jealous of these people who thrived on fraternity whereas he was totally friendless? Did he have a score to settle with the mayor of the town? Whatever the reason, the giant had set his mind on diverting the river Severn so as to flood the town and drown its poor inhabitants.

He took a spade full of earth with the intention of damming and diverting the river, and off he set. Unfortunately for him, whilst walking with a brisk and determined tread, he took a wrong turning. After a few days, he finally arrived, not at Shrewsbury, but at Wellington.

"This can't be!" He groaned at his own mistake, puffing, exhausted, bending under the weight of the heavy spade. "I can't have lost my way!"

The giant was infuriated but the effort had left him drained. He had been standing for a while, gasping for air, when a cobbler walked past him. The little man was dragging an enormous sack, far bigger than himself. The very sight of him amused the giant.

"Hello!" the latter called out to him. "I wish to go to Shrewsbury. Do you know the way?"

The little man knew Shrewsbury very well. In fact, the boots and shoes he was carrying on his back belonged to the inhabitants of the town, who had given them to him for repair. Once a fortnight, he came to collect the old shoes, took them to his workshop at Wellington where he mended them and then returned them to his customers. This is how he earned his living.

"I know Shrewsbury very well," he answered.

"Oh . . . That's perfect! And is it far from here?" the giant asked maliciously.

The little Englishman saw the hint of wickedness in the giant's glare and started to beware of him.

"Why do you want to go to Shrewsbury?"

"Why! Why!" the giant yelled in anger. "Am I on earth asking you any questions?"

"You are."

The bigger one was at a loss for words.

"So . . ." the cobbler resumed. "Why then do you want to go to Shrewsbury?"

"You see this spade?" the giant growled, pointing at it with his huge left forefinger.

"I couldn't miss it . . ." retorted the cobbler who seemed as big as the ogre's finger.

"Well, I will use this spade to eliminate the inhabitants of Shrewsbury."

"Oh dear! You intend to crush them?"

"No, no, I am much more subtle than you think. I plan to build a dam on the river Severn and to divert the flow over the town."

"But the people will drown!" the little man cried in alarm.

"Indeed: I'm going to submerge them."

The cobbler realized the seriousness of the situation and that he had to use his cunning if he wished to avoid a disaster that would leave him clientless.

"Why are you so anxious to kill these poor people?'

"I bear a grudge against them! A tremendous grudge!" the giant raged, and his breath almost blew the little man off.

"I understand," the latter said, "but I'd better warn you: you will never reach Shrewsbury. Not today nor tomorrow . . ."

"Why not?" the creature asked, amazed.

"Look at all these shoes . . ." the cobbler replied, emptying the content of his bag before him. "There are dozens, hundreds of them . . ."

"So what?"

"Well... I'm just back from Shrewsbury, and these are all the shoes and boots I've worn out on the way."

"Oh my God!" the foolish giant exclaimed, taking his big head in his hands. "It can't be worth the trouble, then! It is really that far?"

So he dropped his spade full of earth and silently turned back towards Wales.

Nobody ever heard from him nor saw him again in Shropshire. But where he let down his load there formed a mound of earth: the hill which is known today as the Wrekin.

6. Snorro le nain
et le comté des Orcades

Un trait géographique de l'Écosse est le nombre impressionnant des îles qui la composent : près de huit cents, parmi lesquelles cent trente environ sont aujourd'hui habitées. Les Orcades, l'un des trois grands ensembles insulaires avec les Hébrides et les îles Shetland, se trouvent au nord-est. L'île de Hoy fait partie de cet archipel dont la plus grande terre est Mainland.

Il y a bien longtemps, le comté des Orcades était dirigé par deux demi-frères qui aspiraient chacun à se marier. Les pronostics allaient bon train : qui passerait le premier la bague au doigt d'une femme ? Paul ou Harold ? Et quelle compagne se choisiraient-ils ? Sûrement pas la même... Car s'ils avaient eu le même père, disparu dans leur enfance, les deux comtes semblaient aussi différents que le jour et la nuit.

Paul était l'aîné. On le surnommait Paul le Silencieux car il ne parlait plus beaucoup depuis le décès de sa mère. Orphelin taciturne, il était resté le favori du peuple, qui appréciait sa nature affable et généreuse. Quand Paul se promenait, les petits enfants couraient s'accrocher à son étoffe, le regard des anciens brillait de tendre affection, et les femmes le convoitaient. Le comte n'était pas seulement gentil : il était grand, beau, talentueux, et ses cheveux noirs flottaient au vent comme des airs de liberté.

Harold, lui, avait les cheveux blonds et les yeux bleus. Un bleu perfide, perçant comme l'éclair. Il avait ce regard oblique des gens malhonnêtes. C'est sans doute la jalousie qui le rendait ainsi. Et pourtant... il avait encore sa mère, lui : la comtesse Helga. Malgré ses qualités d'orateur, Harold ne parvenait pas à se faire aimer du peuple, et il maudissait Paul de lui voler la vedette. Quand il paradait, les enfants se cachaient derrière les jupes de leurs mères, et celles-ci ne lui souriaient pas. Au contraire : on se méfiait de lui.

Un été, accompagné de sa chère maman, il partit rendre visite au roi d'Écosse. À la cour, il fit la connaissance d'une jeune femme d'une très grande douceur. C'était la belle Lady Morna, venue d'Irlande pour voir la reine. On aurait dit que dans ses yeux coulait la rivière opaline de l'amour. Le cœur de Harold fut conquis sur-le-champ. Il comprit qu'elle était la femme de sa vie. Le soir même, il lui déclara sa flamme :

— Je souhaite vous épouser au plus vite, lui dit-il d'un air enjoué. Rentrez avec moi au château de Kirkwall. Je vous promets la plus somptueuse des cérémonies.

— Je... c'est-à-dire que...

Lady Morna était embarrassée. Elle n'aimait pas Harold. Elle s'était même offusquée de la manière brutale dont il gourmandait ses serviteurs. Le bleu de ses yeux la glaçait chaque fois qu'il la regardait.

— Tout cela me paraît si précipité ! dit-elle. Je vous connais à peine. Il me faut réfléchir...

Elle l'avait d'emblée cerné : un être fourbe, sournois. Elle ne s'enthousiasmait nullement à l'idée de le connaître davantage.

Devant les hésitations de la Belle, Harold avertit sa mère. Il la pria de l'aider, d'amadouer la femme de ses rêves. C'est ainsi que la très rusée comtesse Helga invita Lady Morna :

— Vous êtes la bienvenue dans notre château, ma chère. Vous serez traitée comme une princesse. Une femme aussi élégante, aussi élevée que vous l'êtes ne saurait refuser pareille invitation, n'est-ce pas ?

Lady Morna se sentit obligée d'accepter. Et, quelques jours plus tard, elle se retrouva dans le comté des Orcades.

Harold s'en frottait les mains, avec l'excitation d'un pêcheur qui vient de ferrer un poisson et n'a plus qu'à remonter triomphalement sa ligne ; comparaison qui ne flatte guère l'élégance délicate de Lady Morna, mais c'est bien ainsi qu'osait penser le cadet.

Quelle ne fut donc pas sa déconvenue lors du premier dîner à Mainland ! Toute la famille s'était réunie dans la salle de réception, autour de la grande table en chêne, quand les yeux de Lady Morna se posèrent sur le visage de Paul et que les yeux de Paul se posèrent sur le visage de Lady Morna. Il y eut dans l'air comme un frémissement bleuté, la promesse d'un bonheur futur : les deux jeunes gens venaient de tomber amoureux l'un de l'autre.

Paul ne dit mot, comme à son habitude. Mais, durant le repas, sa maladresse le trahit : il coupa avec sa fourchette, piqua avec son couteau, mâcha l'eau au lieu de mastiquer la viande... La jeune

Irlandaise aussi était troublée, au point de ne presque rien avaler.

— Qu'avez-vous, mon enfant ? grinça la vieille Helga. Vous ne vous sentez pas bien ?

— Non, non, madame... Enfin, je veux dire : si, si, je vais très bien... marmonna-t-elle, les pupilles béatement plantées dans celles de Paul.

À la fin du repas, Harold, furibond, alla voir sa mère dans sa chambre.

— Ils s'aiment ! Je l'ai bien vu ! glapit-il.

— De quoi parles-tu, mon fils ? demanda négligemment la comtesse tandis qu'elle enlevait sa perruque, fuyant dans le miroir le reflet de ses mèches grises.

— De Lady Morna et de Paul, pardi ! Ils s'aiment ! Ahrrr... Je le hais ! Je vais le tuer !

La douleur le déchiquetait de l'intérieur, quelque chose d'atroce lui détraquait l'estomac, tout le corps. Cela lui était aigre au point de brûler, lui remontait dans la gorge comme un goût de rouille. Harold aurait aimé se cogner la tête contre les murs pour apaiser sa souffrance. Car rien ne fait plus mal qu'un cœur qui saigne.

— Calme-toi, mon fils, calme-toi. Paul n'épousera pas Lady Morna, car Lady Morna n'aimera bientôt que toi, je peux te le certifier.

— Ah oui ? Et comment comptes-tu t'y prendre ? Tout le monde admire Paul : sa gentillesse, ses beaux cheveux, ses talents... Je n'en peux plus d'être son second.

— Cette fois-ci, tu le battras.
— Mais comment ?
— Ma solution est imparable.
— Laquelle, bon Dieu ?
— Snorro le nain !

Snorro le nain est sans conteste l'un des êtres les plus étranges que la Terre ait jamais comptés. Gnome au corps difforme mais au visage céleste, il résidait sur l'île de Hoy, dans le creux d'un immense rocher que les Orcadiens avaient à propos surnommé « le Rocher du Nain ». Personne ne savait d'où il venait, ni depuis combien de temps il avait élu domicile dans cette caverne froide et obscure ; peut-être depuis la nuit des temps. Ce qu'on n'ignorait pas, en revanche, c'est qu'il possédait un secret inestimable : celui de l'éternelle jeunesse.

À force d'études, Snorro avait percé le mystère des sciences occultes et y avait trouvé le moyen de dompter le temps. Sa curiosité n'avait pas de limites : l'herboristerie, l'alchimie, la médecine, l'astrologie, tout le passionnait. Les Orcadiens le considéraient comme un redoutable savant. Grâce à sa maîtrise des plantes, à sa connaissance des grimoires, il leur confectionnait toutes sortes de potions dont ils étaient friands et qu'ils pouvaient acquérir pour un bon prix. À la seule condition, toutefois, qu'ils consentent à s'incliner devant le nain comme s'il s'était agi du roi de l'univers.

En effet, avec le temps, dont il se jouait d'un sourire insolent, Snorro était devenu imbu de lui-même, extrêmement vaniteux. À tel point qu'il trimbalait en permanence un miroir sur lui. C'est à cause de cette vanité insupportable que la population ne le portait pas dans son cœur. Et aussi de son seul compagnon : un effrayant corbeau noir charbon qui se perchait sur son épaule. Or Snorro ne se contentait plus de sa présence. Au fond, il vivait dans une insatisfaction perpétuelle. Et se disait qu'il lui fallait absolument mettre la main sur *l'escarboucle*.

Une légende racontait que, juste en face du Rocher du Nain, sur cette colline bosselée comme une verrue, se trouvait une escarboucle magique ayant le pouvoir d'apporter à son possesseur tout ce qu'il désirait. La pierre précieuse n'étant visible qu'à de rares moments, Snorro avait choisi de rester vivre solitairement dans les parages afin de ne pas manquer une occasion de voir le grenat scintiller. Il gardait toujours ce trésor dans un coin de sa tête.

Les Orcadiens n'avaient guère eu écho de la légende de l'escarboucle. Sauf la comtesse Helga, toujours à l'affût du moindre ragot. Elle était loin de sous-estimer les capacités de Snorro. Et dans cette affaire de rivalité qui opposait son cher Harold à son beau-fils, elle se persuada que le lutin saurait lui concocter une « imparable solution ».

Le festival de Yule approchait à grands pas. Chaque année, juste avant Noël, le comte Paul et sa cour quittaient le château de Kirkwall pour s'installer au grand palais d'Orphir, à une quinzaine de kilomètres de là, où ils célébraient l'événement. C'était la tradition, et on n'y dérogeait pas. Quand bien même, cette année-là, le frère aîné s'alourdissait de tristesse.

— Je n'ai aucune envie de te laisser, confia-t-il à Lady Morna dans la salle des fêtes, mais il le faut : je *dois* partir. Tu me rejoindras dans une semaine à Orphir.

— Pas une seconde ne passera sans que mes pensées ne t'accompagnent, murmura la jeune femme en se blottissant contre son amoureux. C'est ainsi depuis la première seconde où je t'ai vu.

— Je t'aime aussi depuis le tout premier instant, comme tu sais. Officialisons notre bonheur avant que je parte ! Allons l'annoncer à ma tante Helga, d'accord ?

Lady Morna secoua la tête.

— Je ne crois pas que ce soit une bonne idée. C'est trop tôt, cela pourrait choquer ton entourage, y compris ton frère...

— Harold ? Oh, il ne pourra que s'en réjouir...

Mais la jeune Irlandaise savait trop bien les sentiments que le frère félon éprouvait à son égard.

— Je préfère attendre. Après le festival de Yule.

— Comme tu voudras.

Paul partit pour Orphir le lendemain, sans se douter du danger qui le guettait : la comtesse Fraukirk, dissimulée derrière un rideau, avait tout entendu de la conversation.

C'était la sœur de Helga, elle aussi envahie par la haine et l'envie. Elle aurait voulu que ce fût son propre neveu, Harold, l'unique héritier du comté. Elle aurait ainsi pu en convoiter la richesse. C'est pourquoi elle détestait Paul. Et enrageait maintenant à l'idée qu'il avait gagné le cœur de celle que son petit Harold chérissait. Elle décida d'en parler à sa sœur.

— Qu'allons-nous faire ? lui demanda-t-elle. Il faut trouver un moyen d'écarter Paul de ce mariage.

— Ne t'inquiète pas, j'ai un plan. Prends ce sac de pièces d'or et va voir Snorro le nain. Tu lui achèteras un philtre magique. Si tu vois ce que je veux dire...

Le lendemain matin, aux premières lueurs de l'aurore, un bateau fendait à toute vitesse le vif-argent de l'eau qui séparait Mainland de l'île de Hoy. À son bord, il y avait une dame entièrement vêtue de noir. Un voile sombre lui cachait le visage. Personne n'aurait pu la reconnaître. Personne, sauf Snorro.

Le nain avait déjà commercé avec la comtesse Fraukirk. Elle avait à maintes reprises sollicité son aide pour parvenir à ses fins malsaines et, chaque fois, elle l'avait grassement payé. Snorro traitait donc avec une bonne cliente.

— Comtesse Fraukirk... fit-il dans son sourire étincelant, un brin retors. Que me vaut l'honneur de votre visite ?

— Vous m'avez reconnue ? s'étonna-t-elle en le saluant d'une révérence au seuil du rocher.

— Vous oubliez que je suis un savant ! Mais donnez-vous la peine d'entrer, je vous en prie.

La comtesse pénétra dans la caverne obscure où s'engouffrait le froid glacial de l'hiver écossais. Sitôt à l'intérieur, elle releva son voile, laissant apparaître sa laideur. L'énorme corbeau noir, juché sur l'épaule droite du nain, en croassa d'horreur : le visage hideux de la comtesse tirait sur le brun violacé, couleur des pustules qui le recouvraient comme autant de forfaits commis au cours de son existence.

Snorro s'assit derrière une table de bois où trônait un grand grimoire ouvert. À côté, un pot en fonte contenait une pâte verdâtre, sans doute un mélange de plantes, qu'éclairait un grand cierge, le seul qui brillât dans la grotte.

— Alors comtesse, siffla l'hôte d'une voix nasillarde, que puis-je pour vous ?

La vieille femme lui expliqua en détail la raison de sa visite. Quand elle eut fini son exposé, une grimace fronçait le regard du nain.

— Je n'ai jamais rechigné à vous aider, dit-il, mais ce que vous me demandez aujourd'hui dépasse l'entendement. Surtout qu'il s'agit d'un homme adulé, respecté, aimé de son peuple...

— Mais... rassurez-moi : cela est bien en votre pouvoir, n'est-ce pas ?

Le regard de Snorro lança tout à coup des éclairs.

— Comment ? vagit-il en se levant, heurté dans son amour propre. Vous osez mettre en doute mes connaissances ?

— Bien sûr que non ! tempéra la comtesse. Je sais bien que vous êtes le plus grand savant de tous les temps. Mais pourquoi ce que je vous demande semble-t-il vous retenir ?

Le front du nain se relâcha.

— Votre peuple ne m'apprécie guère, dit-il. On me craint même, vous le savez. On vient me voir seulement quand on a besoin de moi. Ce n'est pas vous qui me contredirez...

Le visage de Fraukirk s'empourpra de gêne.

— Si je vous donne ce que vous me demandez, reprit Snorro, je peux être sûr de ne susciter que haine et mépris à mon égard.

— J'achète votre aide au meilleur prix. Je vous obtiendrai à la cour d'Écosse une fonction prestigieuse, digne de votre rang et de votre savoir. Et surtout...

La comtesse connaissait le point faible de Snorro dont l'œil brillait de convoitise.

— Et surtout, avec l'aide de ma sœur, la puissante comtesse Helga, je créerai un ministère spécial dont vous aurez la direction. Il se consacrera entièrement à la recherche de ce que vous désirez le plus au monde : ce sera le ministère... *de l'escarboucle.*

Le seul nom de la gemme, sa seule mention provoquèrent des étincelles rubis devant les yeux de Snorro. Le mot cliquait, tintait, cliquetait dans sa tête comme la plus belle des musiques.

— L'escarboucle ? L'escarboucle ?... répéta-t-il, presque en transe. J'accepte votre marché !

Il neigeait. Le réveillon aurait lieu dans quelques heures. Au palais d'Orphir, on s'affairait sur les derniers préparatifs pour accueillir les convives comme il se devait. Les salons brillaient de couleurs magnifiques, et l'or dominait partout, symbole de la puissance du comté. De la cuisine s'exhalaient la fumée de la dinde qui rôtissait et les arômes des plats les plus délicats. L'odeur montait jusqu'à la chambre de Fraukirk.

— Humm... je crois que nous allons passer un Noël des plus agréables, dit la comtesse à sa sœur Helga. J'ai apporté tout ce qu'il faut pour cela.

Les deux ignobles femmes étaient arrivées au palais dans l'après-midi, en compagnie de Lady Morna qui n'avait pas perdu de temps pour rejoindre son comte charmant. Helga non plus n'en pouvait plus d'attendre.

— Alors ? Tu as eu un philtre ? Une potion ? demanda-t-elle à Fraukirk.

— Mieux que cela. Snorro m'a vendu ceci.

Elle déballa un paquet qui contenait un tissu merveilleux, un camaïeu de bleu plus doux que la soie, plus noble que le velours, aux motifs d'un raffinement infini, incrustés d'or.

— C'est superbe ! lâcha Helga, éblouie. Et c'est cela qui va empêcher l'union de Paul et de Lady Morna ?

— Parfaitement. Tu offriras cette cape à ton neveu, tout à l'heure. Ce sera son cadeau de Noël. Et je puis te garantir qu'à partir du moment où il l'enfilera, Lady Morna ne sera plus en mesure de le chérir !

Les deux complices ricanèrent. Un rire où éclatait toute leur méchanceté, et qui fit s'agiter, sur le visage de Fraukirk, les pustules violacées qui l'enlaidissaient.

Paul, lui, était bien loin de se douter du piège qu'on lui tendait. Il serrait Lady Morna contre son cœur et lui promettait le bonheur jusqu'au bout. La belle Irlandaise faisait semblant d'avoir froid pour qu'il la serrât davantage. Elle n'était pas très à l'aise.

— Harold me courtise, Paul. Je ne sais que faire...

— Il se calmera de lui-même. Ne sois pas trop dure avec lui.

Mais Harold se consumait de douleur. Il venait en fait, pour la énième fois, de demander sa main à la ravissante jeune femme. Et il ne supportait plus d'être rejeté.

Espérant que sa mère le soulage de ses déboires, il monta la voir dans sa chambre ; Fraukirk l'avait laissée seule depuis quelques minutes. Dès qu'il entra dans la pièce, il aperçut, plié sur le dossier d'une chaise, le vêtement bleu étincelant d'or. Sa finition, ses nuances, son raffinement le stupéfièrent.

— Qu'est-ce que c'est ? s'enquit-il avec agacement.

— L'étrenne de Paul...

— Paul ! Paul ! Paul ! cria-t-il brusquement, rouge de colère. Tout est toujours pour Paul ! Ça suffit ! J'en ai marre ! Eh bien ça, au moins, il ne l'aura pas !

D'un geste vif, il s'empara de la tunique et sortit de la chambre en coup de vent.

La comtesse Helga s'affola, le supplia de lui rendre le vêtement. Rien n'y fit. L'ayant entendue, sa sœur rappliqua aussitôt.

— Mais que se passe-t-il ? demanda-t-elle.
— Mon Dieu ! Harold a pris le manteau !
— Alors ça, c'est terrible ! Il faut absolument l'empêcher de le mettre !
— Est-ce que le charme est irréversible ? Si Harold essaye cette cape, Lady Morna ne pourra-t-elle plus jamais l'épouser ?
— Je crains que non... Qui pourrait épouser un *mort* ?

Le mot explosa dans la tête de la comtesse Helga.
— Un mort ? Comment ça, un mort ? Je croyais que le vêtement agissait comme un philtre de désamour...
— Certes non ! J'ai dit qu'il empêcherait Lady Morna d'aimer Paul car... c'est un *manteau mortel* ! Il contient du poison. Quiconque l'endosse décède sur-le-champ !

Les deux sœurs se regardèrent, et l'effroi dansait dans leurs yeux. Une épouvantable tragédie était sur le point de se produire.

Elles relevèrent leur longue robe et coururent jusqu'à la chambre de Harold, mais il n'y était pas. Elles descendirent alors dans la salle des fêtes et virent là ce qu'elles redoutaient : Harold avait déjà revêtu le manteau.

Il agonisait par terre, écrasé par une terrible souffrance. Dans un ultime effort, il rampa jusqu'aux pieds de Paul et de Lady Morna blottis l'un contre l'autre et qui ne comprenaient rien à ce qui se passait.

— Ah ! mon frère... éructa le moribond en lui tendant la main. Ma fin est proche... J'ai été trahi par ma mère et ma tante...

— Nooon ! s'écria Helga, horrifiée. Mon fils ! Mon ange !

— Pardonne-moi, Paul, pardonne-moi de t'avoir jalousé... balbutia-t-il encore.

Et dans un dernier soupir, il rendit l'âme.

Le corps gisait aux pieds du frère abasourdi. Lady Morna, tremblante et apeurée, se serra contre lui du plus fort qu'elle put tandis que la comtesse Helga n'était déjà plus qu'une fontaine de larmes, une mer d'amertume qui se déversait sur le triste résultat de sa propre bêtise et de son ignominie.

C'en était fini du comte Harold, des vues de Fraukirk et des luttes familiales qui ternissaient le comté des Orcades. À jamais le remords hanterait les deux vieilles femmes.

Peu après les obsèques, Lady Morna et Paul se marièrent. Malgré le douloureux souvenir qui les habitait, ils vécurent heureux. Il faut dire que les deux sordides sœurs avaient quitté le comté pour fuir la scène de leur désespoir, mais aussi les représailles de Snorro qui n'avait rien vu du tout du ministère de l'escarboucle que Fraukirk lui avait promis.

On raconte que le nain et son affreux corbeau retrouvèrent les mégères dans l'une de leurs propriétés situées en Écosse continentale. Il était avide de vengeance. Par des incantations magiques, il favorisa l'invasion des Scandinaves, qui incendièrent leur château. Les deux comtesses périrent dans les flammes.

Quand Paul apprit cette nouvelle, il se résolut à faire arrêter le lutin dont les faits et gestes ne répandaient que du malheur. Il envoya donc ses troupes au Rocher du Nain mais celui-ci s'avéra vide. On ne revit jamais l'étrange petit être à la surface du globe. La légende dit que les puissances de l'esprit n'avaient pas davantage toléré sa néfaste présence sur Terre. Oui, le châtiment frappe toujours à la fin.

Le comte silencieux et sa douce Irlandaise continuèrent à vivre heureux jusqu'à ce que la mort les séparât. Ils égayèrent leur longue existence de nombreux enfants. Et encore aujourd'hui, quand les Orcadiens veulent exprimer un grand bonheur, ils recourent à cette comparaison : « Aussi heureux que le comte Paul et la comtesse Morna. »

7. Le chien noir

À Katy Webb

Ce conte plein d'ironie nous livre plusieurs enseignements et attire notamment notre attention sur les méfaits d'une consommation excessive d'alcool...

Il était une fois un couple de fermiers anglais qui s'adoraient. L'homme s'appelait Colin, il avait toutes les qualités du monde, sauf une : il manquait de lucidité.

Aussi avait-il choisi une femme exigeante au point de devenir insupportable. April trouvait toujours quelque chose à redire à son cher mari alors qu'il travaillait d'arrache-pied, s'exténuait à la tâche comme un cheval. Le soir, il rentrait des champs fourbu et tout courbaturé, or non seulement elle ne lui prodiguait aucune parole réconfortante, mais il devait encore batailler pour pouvoir s'octroyer son seul petit plaisir de la journée : déguster tranquillement un whisky écossais au coin du feu.

Colin aimait s'asseoir près de la cheminée. C'était le cœur de la maison, son âme. Le couple vivait dans une vieille ferme ayant été autrefois rattachée à une grande propriété, un manoir qui n'avait pas traversé sans dommages les années de la guerre civile, entre 1642 et 1645. Mais la cheminée n'avait pas cédé, elle supportait encore le toit, toute la structure de l'habitation... ainsi que les reproches d'April. C'était le pilier de la maison.

Ah ! Qu'il faisait merveille de humer tranquillement les arômes d'orge maltée, de regarder cette couleur boisée s'illuminer devant les flammes placides qui palpitaient dans l'âtre. Ce que Colin préférait dans son whisky, c'était son fort degré... *d'inspiration,* sa poésie, à laquelle sa douce femme semblait, hélas, totalement insensible. Il fallait toujours qu'elle mette son grain de sel, qu'elle vienne perturber ce moment d'intense créativité.

— De la poésie ? Mais tu te moques de moi ou quoi ? lui jacassait-elle dans les oreilles. Ton comportement ne rime à rien ! Pour un poète, tu confonds un peu trop « verre » et « vers » !

Colin était vert, en effet. C'est vrai que parfois il exagérait, buvant plus que de raison. Mais il se prenait pour un artiste, un romantique incompris qui oubliait sa solitude et sa douloureuse condition grâce à son breuvage écossais. Sa femme, qu'il aimait pourtant et qui l'aimait en retour, n'aurait jamais pu saisir ses élans lyriques. Elle était trop terre à terre. Colin s'adonnait donc seul à l'ivresse rousse de la création.

Un soir, il s'y adonna tellement qu'une vision lui apparut. Le fermier était comme d'habitude en train de siroter son puissant whisky quand une bête noire surgit dans l'âtre. Colin se frotta les yeux. Il vit un chien. Était-ce son imagination de poète maudit ?

— Chérie ! Chérie ! Il y a un chien fantôme dans la cheminée !

Sa femme posa son torchon de vaisselle et se rendit nonchalamment auprès de son époux, persuadée que c'était l'alcool qui lui jouait des tours. Bien entendu, elle ne vit pas l'ombre d'un chien dans la cheminée.

— Eh bien, je ne vois rien... fit-elle un tantinet agacée.

— Il vient de se volatiliser à l'instant ! Mais je te jure, il était là ! Je l'ai vu comme je te vois !

— Ah oui ? Et il ne t'a pas mordu, au moins ?

April lui aboya dessus comme le chien qu'elle n'avait pas vu. Intérieurement Colin grognait, car il était convaincu de n'avoir pas rêvé.

Le couple passa une mauvaise nuit. Quand le fermier ruminait sa vision, il ne parvenait pas à fermer l'œil et, quand il s'assoupissait, il ronflait à en réveiller madame ; et alors les reproches fusaient.

Le lendemain matin, pendant le petit déjeuner, le couple se regardait en chiens de faïence — souvenirs de la veille... Colin en voulait à sa femme de ne pas le croire et de ne quasi rien tolérer. April ne supportait plus du tout de voir son mari boire. Ils avalèrent leur thé et leurs œufs pochés sans mot dire. Ou plutôt si : en se maudissant.

Puis Colin partit dans les champs toute la journée. Il besogna comme un forcené, du moins autant que son manque de sommeil le lui permit. À son retour, épuisé, il se servit d'emblée un verre de son eau-de-vie[1] favorite et s'installa confortablement

---

1. Le mot *whisky* vient du gaélique *uisge beatha* qui signifie « eau-de-vie ».

près du doux feu de la cheminée. Et là, une chose extraordinaire se produisit.

Le fermier n'avait pas commencé de savourer sa boisson que le chien de la veille reparut. C'était exactement le même animal, énorme, tout noir, dressé sur ses pattes postérieures et suspendu dans les airs comme un spectre gentil. Cette fois-ci pourtant, Colin était parfaitement sobre. Il se demanda si tout allait bien chez lui mais, comme la vision persistait, il se résolut à appeler sa femme qui préparait le repas dans la cuisine.

Toute la journée, April s'était efforcée de pardonner à son mari et de s'accommoder de son attitude. Après tout, elle l'aimait du fond du cœur, et l'on ne doit pas essayer de changer quelqu'un que l'on aime. C'est impossible d'ailleurs, April le savait bien. Toute la journée donc, elle s'était convaincue d'être plus souple à l'avenir.

Elle s'était donné un mal de chien, April. C'est le cas de le dire... Et pourtant : quand elle entendit son époux l'appeler au secours parce qu'un prétendu chien fantôme tout noir le narguait depuis la cheminée, elle crut exploser. Sa colère lui remonta des viscères jusqu'à la gorge et manqua de l'étouffer.

— Espèce de soûlard ! Tu n'as pas honte ?

Elle l'insulta dans des termes que la décence m'empêche de reproduire ici. Le pauvre Colin se recroquevilla sur son fauteuil comme un cabot dans sa niche. Il était tout penaud, tout incompris, et se consola en terminant la bouteille de whisky.

Jour après jour, les relations entre Colin et April se dégradaient. C'était à cause du chien noir. Car c'est dorénavant tous les soirs qu'il apparaissait au fermier, la langue pendante et les yeux rieurs, comme si l'animal s'amusait de lui. Colin avait beau protester, clamer haut et fort sa sobriété jusqu'à ne plus boire une seule goutte de spiritueux, sa femme ne le croyait pas. Il avait l'impression de perdre sa dignité. Et sa femme, de perdre son mari...

Il arriva donc ce qui devait finir par arriver : April quitta Colin. Et le pauvre fermier se retrouva seul pour de bon. Terriblement seul. Enfin, pas tout à fait : le chien noir se pointait au crépuscule et restait avec celui que, vraisemblablement, il prenait pour son maître. Alors, comme l'habitude forge les sentiments, Colin finit lui aussi par apprivoiser cette présence énigmatique et silencieuse. Et ils devinrent des compagnons d'infortune.

Car Colin était triste. Il en voulait au fantôme d'avoir fait fuir sa femme. Du moins c'était sur lui, ce spectre sans poils, qu'il rejetait la responsabilité de son départ, et pas le moins du monde sur le petit remontant d'Écosse qu'il se versait à nouveau de bon cœur.

Un soir, alors qu'il avait forcé sur la dose et que le chien le toisait de son air ironique, le fermier fut envahi d'une soudaine fulgurance poétique : il s'empara du tisonnier et le planta de bas en haut dans le postérieur de l'animal.

— C'est à cause de toi que ma muse est partie, espèce de... !

Bien sûr, le fantôme étant immatériel, il ne ressentit aucune douleur. Le tisonnier le traversa de part en part comme il aurait traversé un nuage. Mais la créature s'en offensa : elle s'enfuit au grenier à travers le conduit de la cheminée. Le fermier l'y poursuivit et réitéra son geste revanchard. Il ne parvenait toujours pas à toucher sa cible mais, tout à coup, le tisonnier transperça le plafond et fit chuter quelque chose en métal.

— Qu'est-ce que c'est ? Mon Dieu ! On dirait... de l'or !

Des pièces d'or dégringolèrent du toit de la cheminée. Il y en avait des centaines. Elles n'en finissaient pas de tomber avec ce petit bruit métallique si magique, sous le regard complètement éberlué de notre paysan qui était en train de devenir riche comme Crésus. Il venait de découvrir le pécule des anciens propriétaires du manoir, qui l'avaient par précaution dissimulé dans la cheminée durant la guerre civile. C'était un trésor qui remontait donc au règne de Charles Ier. Et nous étions dans les années 1800, ou quelque chose comme ça...

Avec tout cet argent, Colin s'acheta une autre maison qu'il transforma assez vite en pub. Et ce pub, il le baptisa *Le Chien Noir,* en souvenir de... je crois n'avoir guère besoin de vous mettre la puce à l'oreille. D'ailleurs, cet établissement existe encore aujourd'hui, vous le trouverez près de Lyme Regis, ville côtière du Devon. Il fait aussi office d'auberge, on peut y dormir et s'y restaurer.

L'ancien fermier, en tout cas, fit un excellent tenancier. Ses clients appréciaient ses conseils et ses connaissances en matière de whiskys. Il en proposait de toutes sortes : whisky de malt ou whisky de grain, scotch, rye, bourbon... Il achalanda son pub des plus grandes marques, il importa même du Jack Daniel's du Tennessee. Mais son whisky préféré demeurerait jusqu'au bout celui d'Écosse. Bien sûr, Colin ne lui vouait pas une fidélité absolue — tout le monde a ses faiblesses, après tout. Cependant il ne dérogeait pas à la règle qu'il avait apprise à ses dépens : *il faut boire avec modération.*

De nombreux clients devinrent les amis du patron. Celui-ci comblait ainsi sa relative solitude par les joies de l'amitié dûment fêtée. Quant au véritable chien noir, ce fantôme providentiel qui avait fait sa richesse, il ne fit plus aucune apparition après que notre héros eut découvert le trésor. Certaines personnes disent l'avoir vu en 1856, d'autres encore attestent son existence dans les années 1950. Le mystère reste entier, et c'est sans doute bien ainsi, car il vaut mieux ne pas réveiller un chien qui dort, n'est-ce pas ?

A Shaggy Black Dog Story

To Katy Webb

This folk tale is full of irony and teaches us, among other things, to beware of alcohol...

Once upon a time there was a couple of English farmers who adored each other. The man was called Colin and had all manner of virtues except one: he lacked lucidity.

This led to his choosing a wife so demanding that she turned out to be unbearable. April would always find fault with her dear husband despite his working all hours God sent and exerting himself like a horse. In the evening, as he returned from the fields worn out, his body aching, not only did his wife offer him very few words of comfort, but he then had to battle with her in order to allow himself the only simple pleasure of his day: peacefully savouring a well-earned Scotch whisky by the fire.

Colin delighted in sitting by the hearth. It was the heart of the home, its soul. The couple lived in an old farmhouse which had once formed part of a large estate, a mansion house which had suffered damage during the Civil War of 1642-1645. But the chimney had stood tall; it still bore the roof, the whole structure of the construction as well as ... April's nagging. It was the pillar of the abode.

Oh! How marvellous it was to smell serenely the aromas of blended malt, to see the woody colour illuminating by the placid flames licking the hearth. What Colin preferred from a whisky was the potent source of ... *inspiration,* its poetry, to which his beloved wife seemed, alas, totally insensitive. She was bound to butt in and disturb this moment of intense creativity.

"Poetry? Are you pulling my leg?" she would sneer at him. "There's no rhyme or reason to your behaviour! You call yourself a spiritual poet but the only spirit you have is that which you consume!"

Colin was in good spirits indeed, yet the quarrel would leave a bitter taste in his mouth. It is true he sometimes exaggerated and drank more than reason would allow. But he considered himself an artist, a Romantic striving to be understood, forgetting his loneliness and painful condition thanks to his Scottish beverage. His spouse, whom he loved all the same and who loved him in return, could never have grasped his lyrical impetus. She was too down-to-earth. Therefore Colin would succumb on his own to the russet allure of creation.

One evening he indulged himself so much that a vision appeared before him. The farmer was as usual sipping his powerful whisky when a black creature loomed in the hearth. Colin rubbed his eyes, yet the figure remained: it was a dog. Was it his imagination, that of a cursed poet?

"April love! Come here! There's a phantom-dog in the chimney!"

His wife laid down the dishcloth and nonchalantly walked to her husband, sure as she was that alcohol was playing a trick on him. Obviously, she did not see anything like the shadow of a black hound in the chimney.

"Well, I can't see anything . . ." she said, a trifle irritated.

"It's just vanished into thin air! But it was there, I swear! I saw it as I can see you!"

"Oh yes? I hope it didn't bite you!"

April barked at him like the dog she had not seen. Deep inside him, Colin groaned, for he was convinced it had not been fantasy.

The couple had an uneasy night. When the poor farmer brooded on the vision, he was unable to sleep a wink ; but once he dozed off, his snoring woke the missus who then bombarded him with reproaches.

The next morning, while having their breakfast, the couple regarded each other like cat and dog—a memory of the eve . . . Colin blamed his spouse for her lack of tolerance and belief in him. April could not stand seeing her husband drink any longer. They swallowed the tea and the scrambled eggs without saying a word. It was a real dog's breakfast . . .

After that, Colin left to spend the whole day in the fields. He worked himself into the ground, at least as much as his fatigued body would allow. Back home, exhausted as he was, he at once poured himself a glass of his favourite tipple and comfortably settled down next to the welcoming fire. And then something extraordinary occurred.

Hardly had the farmer begun to savour his tipple than the dog appeared once more. It was exactly the same animal, huge, all-black, standing on its hind legs and floating in the air like a gentle spectre. This time however, Colin was perfectly sober. He wondered whether everything was all right with him but, as the vision remained, he decided to call his wife who was preparing dinner in the kitchen.

All day long, April had been struggling to forgive her husband and put up with his behaviour. After all, she loved him with all her heart, and one should not try to change a person one loves. Besides it is impossible to do so, April was cruelly aware of that. So all day long, she had been persuading herself to be more accommodating in the future.

The woman refused to throw her marriage to the dogs in every sense of the word... And yet: when she heard Colin call for help because an all-black phantom-dog was allegedly mockingly looking down on him from the chimney, her resolve weakened. She felt her seething anger going up from within her stomach to strangle her throat.

"You drunkard! Aren't you ashamed?"

She abused him, using words I cannot mention here for the sake of decency. And poor Colin huddled up in his armchair like a lost puppy. He felt very sheepish, misunderstood, and found consolation in finishing off the bottle of whisky.

Day after day, the relationship between April and Colin worsened. It was because of the black dog. For the latter would now appear to the farmer every evening, sticking out its tongue, a twinkle in its eyes, as if it was poking fun at him. No matter how strongly Colin protested, loudly proclaiming his sobriety to the extent that he became teetotal, his wife still would not believe him. He felt as if he was losing his dignity while his spouse had the impression of losing her husband.

As a result, the inevitable finally happened: April left Colin. The poor farmer ended up fending for himself and was terribly lonely. Well, he was not totally so: the black dog would join him at dusk and remain with him whom it probably considered as its master. Eventually, since habit forges bonds, Colin also got used to its silent enigmatic presence. And the two of them became companions in the face of adversity.

Indeed, Colin felt great sadness. He bore a grudge against the ghost for having made his wife flee. For it was on it, on the hairless phantom, that he had shifted the blame: the man felt not the slightest responsibility nor entertained the possibility that the cause of his misfortune had been the petty Scottish pick-me-up[1] which he would now again abundantly pour himself.

One evening, while the dog fixed him with a mocking stare, Colin's overindulgence suddenly gave birth to a passionate surge: he grabbed the poker and lunged at the animal's behind.

"It's your fault if my muse left me, you wretched..."

1. Whisky gives you a kick: the word itself comes from the gaelic *uisge beatha* which literally means "water of life".

Of course, as a ghost is insubstantial, his lashing out was in vain. The poker had gone straight through it like a stab in the dark. But the creature took offence and escaped to the loft up through the chimney. The farmer chased it up there and repeated his revengeful move. He still could not hurt his target but suddenly the poker pierced the loft ceiling and made something fall down with a clang of metal.

"What the hell is that? God! It looks like... gold!"

Golden coins started tumbling from the ceiling. There were hundreds of them. Endlessly cascading, tinkling so magically before the eyes of our dumbfounded peasant who was becoming as rich as Cresus. He had just discovered the nest egg of the former landowners who had as a precaution concealed the latter up there during the Civil War. The treasure thus dated back to the reign of Charles I. And our tale takes place in the 1800s or thereabouts...

With all the money, Colin was able to purchase another property which he quite rapidly turned into a pub. He named the pub *The Black Dog* in memory of... I am sure you can guess the rest. What's more, the building still exists today. It is to be found at Lyme Regis, a costal town in Devon. It also serves as an inn, one can sleep and eat there.

The former farmer, in any case, turned out to be an excellent landlord. His clients would enjoy his advice and knowledge about whisky. He served a vast array: malt or blended whisky, Scotch, rye, Bourbon... He stocked his pub with the most renowned labels, even importing some Jack Daniel's from Tennessee. But the Scottish remained his favourite until the very end. For sure, there was plenty of other bottled temptations—everybody has got their weaknesses, after all. However Colin would then strictly abide by the rule he had learnt at his expense: *one must drink with moderation.*

Many patrons became friends with him. He could then compensate his comparative loneliness with the joys of companionable partying. As for the real black dog, the providential phantom which had brought him a fortune, it was never to appear again after our hero discovered the treasure. It is said to have been seen in 1856, others claim witness to its existence in the 1950s. The enigma endures, and it remains better left that way, for we should let sleeping dogs lie, shouldn't we?

8. Le Gwiber de Penmachno

En gallois, le mot gwiber *signifie « vipère ». Si l'on remonte de quelques siècles, le mot désignait une sorte de serpent volant, créature dangereuse et redoutée.*

Il était une fois un terrible Gwiber qui rôdait près de Penmachno. Il avait la faculté d'être aussi à l'aise sur terre que dans l'eau, et il dévorait tout sur son passage : le menu fretin, le bétail, jusqu'aux êtres humains qui avaient la malchance de tomber sur lui. Aussi les gens restaient-ils cloîtrés chez eux, apeurés. On n'osait plus envoyer les fillettes traire les vaches, et les bergers pleuraient d'abandonner leur troupeau à l'appétit du monstre.

Vivre tranquillement n'était plus possible à Penmachno.

C'est collectivement que les habitants réagirent. Leur force, c'était en effet la solidarité qui les unissait. Ils décidèrent d'organiser une chasse avec prime à la clé. En se serrant la ceinture, ils purent collecter assez d'argent pour offrir une belle récompense à quiconque parviendrait à se débarrasser du Gwiber. Et c'est le plus grand guerrier des environs, un certain Owen, qui se porta volontaire.

Cet homme possédait une force de dragon, on l'avait déjà vu déraciner un chêne. Puissant et courageux, il ne sous-estimait pas pour autant le péril qui l'attendait. Afin de se rassurer un peu, il préféra consulter le grand sage de Penmachno, Rhys Ddewin. C'était un homme mystérieux qui vivait en ermite, reclus dans une minuscule cabane de bois juchée sur une petite colline. Il passait tout son temps à étudier, on racontait même qu'il avait acquis le don de lire l'avenir. Tout le monde savait en tout cas qu'il ne fallait déranger Rhys que sous un excellent prétexte. Owen, justement, pensait avoir une bonne excuse.

— Vous comprenez, ô grand sage, si je suis prêt à me battre contre le Gwiber, c'est avant tout pour le bien de mon peuple.

— Ah ! Owen ! Pourquoi ne me dévoiles-tu pas le fond de ton cœur ?

— Comment ça ?

— Partirais-tu au combat s'il n'y avait pas au bout l'espoir d'une récompense ?

— Assurément, oui, je...

— Non, Owen, ne me mens pas. Mais cela ne fait rien, je vais te dire ce qui t'attend.

Owen se sentait mal à l'aise de savoir que Rhys l'avait percé à nu. Toutefois il brûlait de connaître son sort.

— Eh bien, voici : le monstre te mordra.

Ces paroles pétrifièrent le guerrier.

— Vous êtes sûr ? demanda-t-il.

L'autre n'ajouta plus rien. Owen rentra chez lui en colère. Il ne pouvait s'admettre vaincu par la créature, et il commença de douter de la parole de Rhys Ddewin. Afin de vérifier sa prédiction, il se déguisa en vagabond et retourna le voir le lendemain.

Cette fois-ci, le sage lui prédit clairement qu'il échouerait dans sa quête.

— Vous glisserez, tomberez et vous vous fracturerez le cou !

— Vous en êtes bien certain ? insista le guerrier déguisé.

Le sage ferma les yeux sans rien répondre d'autre. Owen rentra chez lui encore plus furieux que la veille. Et décida de procéder à une troisième vérification.

Le lendemain, c'est donc vêtu d'habits de meunier qu'il se rendit au domicile de Rhys Ddewin.

— Je m'apprête à combattre le plus redoutable Gwiber qui puisse exister, lui confia-t-il. Quelle sera l'issue de la bataille ?

— Ah... soupira le sage d'une voix rauque, je ne vois que du malheur, mon cher ami. Vous allez mourir par noyade.

Cette fois, c'en était trop pour Owen.

— Non ! s'offusqua-t-il en enlevant son déguisement de meunier. Vous vous moquez de moi ! Je suis venu vous voir à trois reprises et, chaque fois, vous m'avez donné des prédictions différentes ! Vous êtes un imposteur !

— C'est ce que nous verrons, mon cher ami, c'est ce que nous verrons... se contenta de dire le sage en toute placidité.

Owen sortit en claquant la porte de la vieille cabane. La rage au ventre, il courut chez lui, revêtit son armure, prit sa lance et son glaive, puis se mit en selle, direction le repaire du Gwiber dans la vallée. Tout en galopant sur la colline, Owen évacuait les trois prédictions de son esprit et se préparait au combat. Jusqu'à ce qu'il entendît un sifflement aigu paraissant venir du fond de la vallée.

Il mit pied à terre et regarda autour de lui. Un silence de cimetière régnait, seulement troublé par le bruissement du vent dans les feuillages. Le ciel arborait une couleur cendre, les nuages semblaient de l'encens suspendu au-dessus de la terre. Un instant, Owen pensa remonter en selle et poursuivre sa route. Mais au moment où il agrippa son cheval, le monstre surgit derrière lui.

Rugissement insoutenable. Le guerrier n'eut pas le temps de faire volte-face que la bête lui planta ses crocs dans l'armure, au niveau de l'épaule droite. Les crocs transpercèrent le métal et firent couler le sang. Owen tituba, se ressaisit et, armé de sa seule épée qu'il tenait à bout de bras, se mit à courir, le serpent à ses trousses. Mais comme il s'approchait de la corniche, il dérapa sur une pierre et fut projeté dans le précipice. Il se fracassa le cou en heurtant un éperon rocheux quelques mètres plus bas, avant de continuer sa chute et de tomber dans la rivière tout au fond de la vallée, où il se noya.

Quand les habitants de Penmachno découvrirent quelques jours plus tard son corps inerte, charrié sur la berge comme un vulgaire détritus, leur colère explosa. Ils se liguèrent, s'armèrent d'arcs et partirent tous ensemble à la chasse au Gwiber. Ils eurent la chance de le voir affalé près de la rivière, en train de dormir. Ils le criblèrent aussitôt de flèches. Le monstre se réveilla dans un atroce cri de douleur, puis il plongea dans l'eau qui en quelques instants prit une couleur rougeâtre. On ne revit plus jamais le Gwiber dans les parages. C'est en souvenir de leur victoire, heureux d'avoir enfin retrouvé leur tranquillité, que les habitants baptisèrent l'endroit *Wibernant* : la vallée du Gwiber.

9. Thomas le Poète

Voici la légende d'un devin, Thomas the Rhymer, dont on sait qu'il a réellement existé puisqu'on a retrouvé des documents signés de son nom. C'est un personnage aussi célèbre en Écosse que peut l'être Merlin dans le monde anglo-saxon. Son existence reste toutefois enveloppée de mystère...

P armi les hommes galants que comptait l'Écosse du XIIIe siècle, il y en avait un particulièrement avenant : Thomas Learmont, laird[1] du château d'Ercildoune situé dans le comté de Berwickshire.

1. Propriétaire foncier en Écosse.

C'était un homme solide, aux yeux noisette et aux longs cheveux bruns. Il avait un visage fin, ses traits délicats traduisaient une grande sensibilité. Thomas adorait la poésie, la musique, la nature. Il aimait observer les oiseaux qui avaient élu domicile dans le bois autour de son château. Il disait : « Il y a chez un oiseau qui s'ébroue dans une flaque comme le battement d'ailes du monde entier. »

Un matin de mai, alors que les longs fuseaux dorés du printemps s'élançaient sur les terres, Thomas partit en balade. L'aurore était fraîche, la rosée perlait encore sur les feuilles. Il longea le ruisseau qui dévalait les collines d'Eildon, puis il s'assit au pied d'un chêne pour regarder le mouvement de la vie : une abeille se désaltérant dans l'eau, les primevères qui s'ouvraient au soleil...

C'est alors qu'il entendit un cheval au galop. Il eut à peine le temps de lever les yeux qu'une femme magnifique, la plus belle qu'il eût jamais vue, chevauchait vers lui.

Ses cheveux dansaient au vent. Elle portait une robe de chasse couleur de l'herbe jeune. Un manteau en velours, de la même nuance, épousait les formes généreuses de son buste. Elle arrêta sa monture blanche juste devant Thomas. Celui-ci fut ébloui par cette chevelure blonde : quel regard cette beauté n'aurait-elle pas capturé ?

— Vous êtes... la Sainte Vierge ? balbutia-t-il bêtement.

Elle mit pied à terre, puis laissa fleurir un sourire étincelant.

— Non, je ne suis pas la Sainte Vierge. On m'appelle Reine. Je règne sur un royaume que vous n'imaginez pas.

— Votre serviteur habite le château d'Ercildoune. Et vous, où se trouve votre domaine ?

Elle tapota le tapis de selle en satin écarlate avant de répondre :

— *Au Pays des Fées.*

Tout à coup, un charme magique envoûta Thomas. Il se sentit irrésistiblement attiré par la superbe cavalière, quand bien même savait-il qu'un mortel ne doit jamais commercer avec une fée. Mais il ne pouvait pas lutter. Son être entier n'était plus que désir pour elle.

— Je brûle de vous embrasser... soupira-t-il.

Et comme il prononçait ces mots, la reine apposa ses lèvres sur les siennes. Et assujettit l'humain totalement à son pouvoir.

Or, au moment où les deux bouches se séparèrent, le sublime visage de la fée se flétrit. Son grand manteau de velours vira tout à coup au gris cendre, et sa robe de chasse se fripa. En quelques secondes, la femme se métamorphosa en une vieille vagabonde courbée sous le poids des siècles. Et ses cheveux n'avaient même plus l'éclat de la lune.

Thomas se décomposait sur place, frappé d'horreur. La sorcière se mit à ricaner :

— Ah ah ah ! Je ne suis plus aussi belle que je l'étais, hein ? Vous, les humains, êtes tellement faibles devant la beauté... Je te possède, Thomas ! Tu es en mon pouvoir. Et tu seras mon serviteur durant les sept prochaines années.

Ces paroles grincèrent dans les tympans de Thomas qui s'agenouilla de désespoir, suppliant la sorcière de le laisser libre. En vain : le laird devait quitter son château et endurer le châtiment.

La sorcière et son nouveau valet partirent au galop sur le palefroi devenu grisâtre. Ils filèrent aussi vite qu'une comète. Et dépassèrent bientôt la frontière du monde des vivants.

Là, ils firent une halte. Un immense désert grondait à leurs pieds, une étendue sans limites. Le vent sifflait, soulevant de la poussière au loin. L'horizon se confondait dans un ciel sinistre, plus sombre qu'une tombe. Et Thomas eut tout à coup la terrible impression de n'être rien d'autre qu'un futile grain de sable.

— Il nous faut traverser ces dunes, dit placidement la reine.

Le vent redoubla de puissance.

— C'est une traversée périlleuse... ajouta-t-elle.

Le sang de Thomas se figea.

— Est-ce si dangereux que cela ? demanda-t-il.

— Cela dépend de l'itinéraire que tu souhaites prendre... Descends de mon cheval, veux-tu !

L'homme s'exécuta. De là où il était maintenant, le paysage lui parut changé. Il n'était plus aussi impénétrable que le brouillard des Highlands. Dès lors, le voyageur pouvait distinguer trois routes, si longues qu'elles s'en allaient mourir sur l'horizon.

— Tu as le choix entre ces trois itinéraires, reprit l'impassible sorcière. Le plus à gauche est le plus large, le plus plat, le plus égal. Donc le plus facile. On ne court presque aucun risque de s'y égarer.

Thomas l'écoutait attentivement. Puis il fronça les sourcils en déplaçant son regard vers la route du milieu. Elle serpentait à en donner le vertige et se rétrécissait jusqu'à plonger dans un noir absolu. Elle était en outre bordée de haies épineuses dont les branches tentaculaires se rejoignaient vers le ciel pour former un dôme d'ombres brûlées.

— As-tu assez de bravoure pour emprunter cet itinéraire effrayant ou préfères-tu marcher sur le chemin de droite ? interrogea la cavalière dans un rictus.

La route la plus à droite contrastait de manière saisissante avec celle du milieu. On aurait dit une bande de verdure fleurie qui invitait au plaisir de la promenade et évoquait à Thomas le paysage familier de son bois d'Ercildoune.

— J'ai bien envie d'aller à droite, dit-il.

— C'est toi qui décides et toi seul, informa la sorcière. Mais attention ! Car ces trois routes ne mènent pas à la même destination. La plus à gauche va vers le Remords. Celle du milieu débouche sur la fabuleuse Cité du Grand Bonheur, dont nul n'est jamais revenu. Quant à la troisième, celle qui te rassure, c'est la route de la Marche Perpétuelle.

— La Cité du Grand Bonheur ? La Marche Perpétuelle ? Qu'est-ce que cela veut dire ?

— Tu ne sauras qu'après avoir fait ton choix, il est impossible de savoir à l'avance. Alors, pour quel parcours te décides-tu : le plus facile, le plus effrayant ou le plus agréable ?

— Le plus facile me dirigera vers le Pays du Remords, n'est-ce pas ?

— En effet.

Thomas n'arrêtait pas d'hésiter. À peine prenait-il une décision qu'il en changeait.

— Allez, dépêche-toi ! ordonna la maudite reine. Tu dois faire un choix avant le coucher du soleil, sous peine de périr sur place.

Un rayon jetait sur le sable une dernière chance d'un rouge incertain.

— Je vais à droite, déclara-t-il finalement. Je prends le chemin qui ressemble à mon bois.

— Je m'en doutais.

Le voyage devait durer au moins quarante jours et quarante nuits ; il pouvait aussi bien ne jamais s'achever. La reine-sorcière et Thomas progressaient toutefois parmi une nature accueillante : parfois un petit écureuil roux les saluait avant de disparaître dans un tronc, ou c'était un renard qui les surprenait au détour d'un buisson. Tout aurait pu être si léger... Mais la présence du désert et l'incertitude de l'échéance hantaient l'esprit du voyageur.

— La route est encore longue ? finit-il par demander. Et pourquoi trottons-nous alors que votre coursier peut galoper plus vite que l'éclair ?

Depuis leur départ, la sorcière se taisait. Alors ils continuèrent d'avancer dans un silence lourd, telle une rivière n'ayant de cesse de couler. Les jours, les nuits, les semaines se succédaient. Peu à peu, le cheval se fatiguait à force de porter les deux voyageurs. Aussi durent-ils se résigner à marcher. Ils marchèrent encore et encore, sans répit. Le soleil se levait, se couchait : ils marchaient. La pluie tombait, le ciel était bleu : ils marchaient. Toujours. Cela lui sembla un été éternel. Or jamais Thomas n'oubliait qu'il n'y avait rien en dehors de cette route, mis à part un désert insondable dont il soupçonnait à peine les dangers. Non, il n'y avait rien d'autre à faire que marcher : la sorcière lui avait jeté un sort qui le réduisait à l'état de servitude pour sept ans.

Un jour, ils aperçurent un verger qui resplendissait sous le ciel sombre. Les arbres se courbaient sous l'abondance des fruits : poires, pommes, dattes... Thomas n'avait qu'à tendre le bras. Comme son estomac criait famine, c'est ce qu'il fit. Mais la sorcière voulut l'en empêcher.

— Arrête, malheureux ! Ces fruits sont empoisonnés, ils te tueraient instantanément ! Le seul que tu puisses manger, c'est une pomme couleur rubis. Un rubis éclatant. Elle posséderait le pouvoir, selon certains manuscrits, de ramener les voyageurs sur le chemin de la Vérité.

Alors ils se mirent à chercher la pomme. Thomas ne pensait qu'à soulager sa terrible faim tandis que la sorcière s'accrochait à la découverte de cette Vérité qui les remettrait sur le bon chemin : celui de son royaume. Ils cherchèrent tous les deux sans relâche parmi les milliers d'arbres qui composaient le verger.

— Vous me la laisserez bien pour moi tout seul, cette pomme ? demanda Thomas en écartant un amas de branches.

— Je te le promets. Je ne pourrais de toute façon pas la goûter, seuls les humains y ont droit. C'est toi qui as choisi notre itinéraire, c'est donc toi seul qui peux nous en délivrer.

— Et je devrai rester votre serviteur ?

— Oui, jusqu'à ce que tu accomplisses tes sept années de servitude.

— Quelque chose m'échappe, poursuivit le laird d'Ercildoune en soupesant un beau fruit orange.

— Je t'écoute.

— Pourquoi tant de mystère ? Pourquoi semblez-vous incapable d'abréger notre calvaire alors que vous possédez le pouvoir de vous métamorphoser, d'envoûter les hommes et de les asservir ?

— Ah ! Mon pauvre ami... Nous avons tous un maître, une raison supérieure qui nous gouverne. J'ai moi aussi été jadis victime d'une malédiction qui a fait de moi ce que je suis devenue. Cette dame superbe que tu as vue, cette princesse aux yeux clairs que même les sources jalousent, voilà ce que j'étais. Une *femme-fée,* gracieuse comme l'alouette. Mais un jour, le poète de mon royaume est mort. Et depuis cet instant, sans que je sache pourquoi, mon pays s'est fané, et avec lui ma beauté. Les grimoires affirment que seul toi, Thomas d'Ercildoune du comté de Berwickshire, peux restaurer la poésie de notre monde flétri. Mais pour cela, il nous faut d'abord trouver cette satanée pomme !

— Je l'ai ! Je l'ai ! s'exclama tout à coup Thomas.

Il n'avait pas tout à fait saisi le discours de la reine déchue, mais sur sa paume droite trônait le fruit tant convoité. Sa peau rubis étincelait. L'homme croqua la pomme à pleines dents. Le morceau lui parut succulent, et cette seule bouchée suffit à combler sa faim.

— C'était délicieux... C'était... incroyable !
— La légende disait-elle donc vrai ?

Et comme la sorcière s'exprimait, la route sans fin qui traversait le verger de part en part se rétrécit. Une forme carrée se dessina au loin. La vieille femme se frotta les yeux.

— On dirait...

La forme devint plus nette.

— Mais oui ! C'est mon château !

Le vaste Pays des Fées venait de faire son apparition.

Ils montèrent sur le destrier et galopèrent à toute allure vers le fabuleux édifice.

— C'est ici que vivent les fées, en compagnie des lords et de tous les nobles de ma cour, dit la sorcière, les mains sur les rênes. Ils ont tous tellement attendu que je reprenne enfin mon apparence originelle qu'ils n'y croient plus du tout. Si tu savais le nombre de charlatans qui se sont présentés au château en prétendant pouvoir renverser la malédiction qui nous frappe... Mais aucun d'entre eux n'était un vrai poète. C'étaient des rimailleurs du dimanche, des bardes sans intérêt... Ils ont tous échoué. Je n'ai pas envie de donner à mes courtisans un autre faux espoir. Tu ne diras donc rien quand on te parlera. Tu feras semblant d'être stupide.

Pour Thomas, le mystère persistait. Un détail le turlupinait.

— Quand je vous ai connue, dit-il, vous m'êtes apparue sous la forme de... Oh, je ne saurais dire... vous étiez si belle ! Comment est-ce possible ?

— Une fois par an, la malédiction s'efface. Une petite journée seulement, dont je profite pour faire une apparition publique. Je resplendis alors comme le soleil et, à la place de ces doigts crochus que tu vois là, j'ai des mains plus petites que la pluie. Mon bonheur ruisselle sur tout le royaume. Malheureusement, il ne dure pas. À la tombée de la nuit, je redeviens vilaine, et mon cœur se durcit.

— C'est donc ce jour-là que vous avez choisi pour me rencontrer.

— En effet. Maintenant tais-toi ! Nous arrivons aux portes du château.

La sorcière porta son cor de chasse à ses lèvres crevassées. Elle en extirpa un son long et puissant. Le pont-levis descendit. Ils avancèrent au pas. Et Thomas se demanda s'il reverrait un jour son bien-aimé donjon d'Ercildoune.

Le laird se comporta comme il l'avait promis : il ne pipait mot quand on lui adressait la parole, feignant souvent de ne pas comprendre ce qu'on lui disait. La sorcière répondait à sa place aux questions que pouvaient lui poser les chevaliers, les fées, les ménestrels ou les pages.

Quand la reine donnait un festin au château, le jeune homme devait toujours s'asseoir à l'extrémité de la grande table en chêne, afin qu'on lui parle le moins possible. Les courtisans conclurent assez vite que Thomas était un crétin, tout du moins un paria. Les discussions sur son compte allaient bon train.

— Pourquoi donc notre reine garde-t-elle pareille compagnie ? s'interrogeait une fée.

— Où diable l'a-t-elle déniché ? Croit-elle pouvoir se désenvoûter grâce à lui ? renchérit sa camarade.

— Il n'oscille même pas la tête quand on lui demande quelque chose ! se désola une troisième. La reine nous avait habitués à mieux ! J'espère qu'elle n'a pas renoncé à combattre cette terrible malédiction qui nous frappe...

À cause de la malédiction, le château avait perdu toutes ses couleurs ; il ressemblait désormais à une vieille bâtisse gothique dont certaines parois se délabraient. Les fées avaient en outre perdu toute prérogative pour visiter le monde des humains où d'ordinaire elles officient, s'amusant de leurs misères ou les aidant dans leurs épreuves.

Au fond, les fées s'attristaient de n'être plus vraiment des fées.

Quant à Thomas, il se rendait compte de sa nouvelle responsabilité, de l'espoir qu'il suscitait chez la reine, mais que pouvait-il bien faire ? « Tout cela à cause d'un seul baiser échangé sur un talus herbeux ! » se lamentait-il. Car il lui était impossible d'échapper à l'emprise de son sort : il *devait* purger ses sept années de servitude. Or il avait l'impression d'être parti depuis une éternité.

Le soir, il ruminait dans son lit. Quand le sommeil le fuyait, il s'en allait marcher sur le parvis du château. Sur le sentier qui serpentait dans le parc, il écoutait les bruits de la nuit, les hululements du vieux hibou qui logeait dans la grange. Il humait les parfums de l'automne, sans savoir quelle saison l'on était exactement, car le Pays des Fées vivait une déchéance perpétuelle depuis la malédiction. Il foulait les feuilles mortes, inspirant avec l'air frais une mélancolie lointaine : son petit bois, sa tour, ses livres... La lune touchait son visage d'une tendresse un peu froide.

Une nuit, baigné par cette clarté aux rimes d'argent, il s'assit sous un porche en ruine et sortit de sa poche un parchemin vierge. Son cœur était comme une boîte à musique sans notes. Le vieux hibou chanta, lui étreignant la poitrine. Thomas saisit sa plume d'oie et se mit à composer :

Loin de chez moi, je suis loin,
Et la nuit me fait mal au cœur.
Souvent on rêve d'ailleurs,
Mais quand on part enfin,
On peut regretter si fort
Ce que l'on aimait alors...

Mon pays me manque, ma contrée lointaine
Est une page où je voudrais pouvoir courir.
Ici je ne trace que mes seuls soupirs
À cause du destin qui accable la reine...

Et Thomas continua d'écrire. De mieux en mieux. Au fur et à mesure qu'il écrivait, ses vers s'amélioraient. C'était pourtant la première fois qu'il couchait ses émotions sur le papier. Jusque-là, il s'était contenté de lire. Or cela lui venait d'un seul trait, comme un ruisseau un peu triste...

Quand il eut fini, il relut l'ensemble à haute voix : c'était un véritable chef-d'œuvre. Alors le vieux hibou hulula d'une manière inhabituelle : il lui disait merci.

Dans le calme de la nuit, le laird se sentait maintenant plus léger, plus serein. Composer de la poésie lui avait procuré un doux réconfort. Il rentra dormir.

Le lendemain était jour de fête. Un an avait passé depuis la rencontre avec la reine : on célébrait donc cette fameuse journée où la malédiction s'estompait.

Thomas fut réveillé dans sa chambre d'hôte par l'affairement qui montait depuis la cour : des oies criaient, on égorgeait les plus grasses pour préparer un somptueux repas.

Le laird mit du temps à se réveiller complètement. La pleine lune de la veille dansait encore dans ses rêves de liberté. En se levant, il murmura :

Loin de chez moi, je suis loin,
Et la nuit me fait mal au cœur...

Il réalisa qu'il connaissait son poème sur le bout des doigts. Et se résolut à le réciter devant tous les convives, à la fin du banquet, pour leur signaler son impatience de rentrer chez lui.

Certes, il lui restait encore six années de servitude à effectuer. Mais il était grand temps. Thomas n'avait de toute façon pas réussi à briser le sortilège ; il n'avait pas accompli ce que la reine espérait de lui. Comment aurait-il pu en être autrement ? Lui, un modeste laird des plus banals... Aussi ne voyait-il pas pourquoi on le retiendrait davantage dans cet endroit hostile.

Pendant ce temps, la salle des fêtes renouait avec son faste passé. On l'agrémentait de rideaux rouges et or, ou d'un bleu saphir, qu'on ne sortait plus qu'à cette occasion.

Vers midi, tout le monde s'attabla : les fées dans leur corset de satin, les nobles aux pantalons bouffants, les pages et les palefreniers, tous les habitants du royaume se regroupèrent autour de la table royale. La reine présidait le repas. La reine telle qu'elle était réellement : extraordinairement belle. Ses cheveux blonds diffusaient de la lumière, et il faisait si clair au fond de ses yeux... À ses côtés, Thomas tremblait d'amour.

Comme d'habitude, celui que l'on prenait pour un crétin ne dit mot durant tout le repas. Il regardait passer les légumes et les magrets, le foie gras et les cuisses de poulet que les nobles mordaient à pleines dents et qu'ils arrosaient de bon vin, mais l'appétit ne lui venait pas : son cœur battait trop fort près de la reine.

La pensée de devoir tout à l'heure se lever pour réciter son poème d'adieu le désolait aussi : Thomas le solitaire rencontrerait-il un jour une autre femme aussi exceptionnelle ? Sa beauté le subjuguait tant qu'il en oubliait sa malédiction et la sorcière hideuse qui sommeillait en elle.

Vers la fin de l'après-midi, alors que les convives dansaient follement le quadrille, on souffla dans le biniou : un son rauque et grave signalant l'approche du crépuscule. C'était le moment fatidique : la reine allait retrouver sa vilaine enveloppe.

D'un coup, la fête s'arrêta. Les visages se fermèrent. Quelques larmes brillèrent dans les dernières clartés du jour. D'ici quelques minutes, le palais retomberait dans le noir et la désolation.

C'était le moment. Thomas se leva et s'écria :

— Oyez, braves gens, nobles repus et jolies duchesses, fées dont la baguette a perdu sa magie !

Tous les yeux se tournèrent vers le laird d'Ercildoune avec stupéfaction : c'était la première fois que le crétin parlait.

La reine s'étrangla d'étonnement. Elle était si médusée qu'elle en oublia sa métamorphose imminente. Thomas, lui, haranguait les convives de son verbe le plus aérien. Puis il déclama :

Loin de chez moi, je suis loin,
Et de vous voir ici tous assis
N'apaise pas le profond chagrin
Qui me pousse à vous dire ceci...

C'est donc en vers qu'il annonça aux invités son désir de quitter le palais. Or son cœur le porta vers une poésie encore plus belle, encore plus émouvante que celle qu'il avait composée la veille avec la complicité de la lune. Il versifia pendant de longues minutes, et tout le monde l'écoutait. Tout le monde goûtait cette parole qui était comme du miel, comme une pluie cristalline sur l'herbe sauvage. Et c'était tellement beau que les fées et les lords se mirent à pleurer.

C'est alors qu'un page s'écria :

— Regardez la reine ! Regardez la reine !

La nuit était maintenant totale, mais la reine n'avait pas perdu sa parure naturelle : elle était restée la plus belle créature de la Terre. Et de voir tant de splendeur résister au maléfice emportait le cœur de Thomas, qui rimait de plus belle. Son âme entière n'était plus que poésie. Ses mots brillaient comme des étoiles. Dans tous les regards scintillait le firmament...

« Il conjure le mauvais sort ! » exulta une fée.

C'était ce qui se passait, en effet. Et toute la salle frémissait de grands soupirs de soulagement. Seule la reine demeurait silencieuse, bouche bée, accrochée aux vers du petit laird comme un rayon de lumière dans la rosée du matin. C'était bien le petit laird d'Ercildoune qui jonglait avec la malédiction en chantant la langue. C'était bien lui, l'homme à la tour modeste mais à la sensibilité si grande. Et c'est ce soir-là que le petit laird d'Ercildoune devint Thomas le Poète.

Le sortilège avait disparu à tout jamais. La reine était redevenue elle-même. Le palais retrouva ses couleurs. Les courtisans s'en réjouirent. Le Pays des Fées tout entier baignait dans la joie.

Contrairement à son souhait le plus cher, Thomas renonça un temps à repartir. Il préféra rester aux côtés de celle qu'il chérissait. Six ans au total. Au bout de ces six années, plus rien ne le retenait : sa servitude s'était achevée. Mais il en connaissait alors une autre : l'amour.

Un jour, malgré tout, il se résolut à retourner chez lui.

— Si vous saviez combien cela me peine de vous quitter... avoua-t-il à la reine dont les yeux étaient plus verts qu'une prairie d'été.

— Tu as accompli ton devoir, Thomas. Tu es donc libre de repartir. Mais aussi de rester... Le royaume aurait bien besoin d'un trouvère si talentueux.

La reine ne lui avait jamais rien confié des sentiments qu'elle éprouvait pour lui. On eût dit qu'elle aussi ressentait quelque chose de très fort. Pourtant elle ajouta :

— *On ne peut être véritablement heureux que chez soi.*

— C'est vrai, concéda Thomas. Mais il est également vrai qu'*ailleurs n'est jamais si loin quand on aime...*

La reine le regardait dans les yeux. Elle lui sourit. Un grand oiseau noir et pourpre venait de quitter son cœur.

Le lendemain, le laird se mit en route. Il monta sur le palefroi blanc que la reine avait mis à sa disposition et qui devait le guider vers Ercildoune. Du sac de provisions qui pendait au dos du cheval dépassait une harpe.

— C'est un cadeau de notre reine, indiqua le porte-parole de celle-ci.

— Où est-elle ? demanda aussitôt Thomas.

— Elle est restée dans ses appartements, ne souhaitant pas vous voir partir. Mais elle tenait à ce que vous possédiez cette harpe : ainsi vous embellirez votre poésie de musique, et vous hériterez du don de prophétie.

— Le don de prophétie ?

— En effet.

Si mystérieux que cela lui parut, Thomas ne posa plus d'autres questions. Son cœur lui était trop lourd. Il tira sur les rênes. Et ne se retourna plus.

De longues années passèrent. La miraculeuse poésie de Thomas enchantait maintenant tout le royaume. Lui ne quittait plus son modeste château d'Ercildoune : ses vers voyageaient à sa place, jusqu'aux contrées du Nord les plus lointaines, là où le cœur de l'Écossais peut être dur comme la glace.

Ses prophéties étaient également très écoutées. Thomas prédit par exemple la terrible bataille de Bannockburn du 14 juin 1314, quand le sang des

Anglais vaincus rougit les eaux de la rivière. Le roi Édouard II y perdit le royaume d'Écosse au profit de Robert Bruce.

Le poète entrevit aussi l'accession au trône d'Angleterre d'un prince d'ascendance française portant en lui la trace du valeureux Bruce : l'Écosse et l'Angleterre auraient alors le même roi. Il s'agit là de la plus célèbre prophétie de Thomas. Elle se réalisa en 1603 avec le couronnement de Jacques Ier, dont la mère était de sang français et reine d'Écosse.

Entre-temps, l'Angleterre et l'Écosse s'affrontèrent de nombreuses fois. Un jour même, des troupes écossaises vinrent se reposer sur les bords de la rivière Tweed, à proximité de la tour d'Ercildoune. Notre laird invita tout naturellement les barons et les chefs à se restaurer chez lui. Il leur joua de la harpe et leur conta en vers des histoires du temps passé. Puis, la nuit venue, les hôtes charmés retournèrent à leur campement. Quand l'un d'entre eux aperçut, rôdant près d'une tente, un cerf et une biche plus blancs que neige.

Cela lui parut tout à fait inhabituel. Il en avertit ses camarades et, en quelques instants, c'est tout un attroupement de soldats qui contemplait la ronde du couple d'animaux. Celui-ci semblait danser sur une musique imaginaire.

— C'est vraiment très étrange, commenta l'un des nobles. Allons chercher Thomas ! Il pourra nous dire s'il s'agit d'un présage.

On envoya un page chercher le prophète.

— Que dis-tu ? fit le laird au coursier. Un cerf et une biche d'une blancheur extraordinaire ?

Il se précipita dehors, vers les deux animaux. Ces derniers se prosternèrent devant lui dès qu'il s'approcha. « C'est un message de la reine des fées », songea-t-il, tout excité. « Un message qui m'est adressé. »

Le cerf et la biche se relevèrent pour se diriger vers la rivière en crue. Thomas les suivit, sous le regard de l'armée écossaise silencieuse, saisie par la magie du moment. Puis l'homme et les deux animaux disparurent dans l'écume argentée, en même temps que le disque de la lune dont la brillance éclairait les visages transis.

On lança aussitôt des recherches ; elles furent vaines. On n'entendit plus jamais parler de Thomas d'Ercildoune. Qu'est-il advenu de lui ? Nul ne le sait. Certains supposent qu'il est reparti au Pays des Fées pour y séjourner jusqu'à la fin de ses jours.

10. ON RECONNAÎT L'ARBRE À SES FRUITS...

À mon frère Yannick Larizza

Ce conte rappelle, dans le Nouveau Testament, la parabole du figuier qui ne donne pas de fruits (Luc 13 : 6-9) et surtout celle de l'arbre et son fruit (voir Matthieu 7 : 16-20 et 12 : 33-35 et aussi Luc 6 : 43-45).

Il était une fois un jardinier célèbre dans tout le sud-ouest de l'Angleterre pour son magnifique verger. Ses arbres donnaient les plus beaux fruits que l'on pût attendre : des poires sucrées à souhait, des pommes d'un vert éclatant et des pêches juteuses à la robe agate. Le jardinier vendait ses fruits au marché avec un succès fou, il produisait aussi un cidre exquis dont il récoltait beaucoup de profit et une grande satisfaction. C'est qu'il mettait beaucoup d'amour dans son travail, s'occupant de ses arbres comme un bon père s'occuperait de ses enfants.

Un jour de printemps, son frère John vint le trouver. C'était un fermier dont les affaires ne marchaient guère, aussi avait-il besoin de quelques conseils. En son for intérieur, il espérait surtout repartir avec un arbre fertile. Dès qu'il arriva dans le verger, il fut stupéfait par la perfection du paysage où les arbres s'alignaient à merveille. Leurs superbes fleurs roses éclaboussaient par milliers le ciel bas, laissant présager une nouvelle récolte abondante.

— Tu as de la chance d'avoir une terre aussi bonne... soupira John.

— Certes, mais cela ne suffit pas.

— C'est vrai, tu possèdes également des arbres d'excellente qualité.

— Justement, rien n'est établi d'avance. Ce qui compte surtout, c'est la manière dont tu soigneras l'arbre. Il faut être attentif...

— Tu crois que je pourrais essayer ? se risqua le frère envieux.

— Bien sûr, si tu le fais avec générosité. Attends-moi ici, je vais te donner mon meilleur plant !

Le jardinier alla chercher un petit pommier qui ne demandait qu'à grandir. Il le donna de bon cœur à son frère.

— Tiens ! Mets-le en terre cette année, et si tu t'en occupes bien, il vous donnera des fruits succulents dès l'an prochain. Et quand tu ne seras plus de ce monde, tes enfants pourront encore en profiter.

John repartit la joie au ventre.

Le lendemain, il se demanda quel pouvait être l'emplacement idéal pour son pommier : « Voyons... Si je le plante sur la colline, le vent le secouera et fera tomber les fruits avant qu'ils ne mûrissent. De plus, tout le monde pourra s'en approcher... » Il songea au bord du chemin qui longeait sa ferme. « Mais si je le mets là, il sera trop bien en vue des passants, qui me voleront mes fruits ! » La terre qui entourait sa petite maison promettait d'être féconde. « Mais si j'enfouis l'arbre ici, alors là ce sont mes enfants qui vont croquer mes pommes ! Décidément, je ferais mieux de le cacher derrière la grange, à l'abri de tous les regards. »

C'est ce qu'il fit. John prit une pelle et planta le jeune pommier derrière l'immense grange. En attendant le printemps suivant.

Cependant, un an plus tard, le pommier n'avait toujours pas fleuri. L'été arriva, et pas un fruit n'apparut sur l'arbre. John se résigna donc à attendre encore une année ; néanmoins, à son grand désespoir, la même chose se produisit : le pommier ne donnait que des feuilles d'un vert très pâle. Au bout d'une année supplémentaire, la situation ne s'améliora pas d'un pistil. John était en colère. Il se sentait floué par son frère et décida d'aller lui dire ses quatre vérités.

— Tu t'es moqué de moi ! fulmina-t-il. Tu m'as donné un arbre qui ne vaut rien ! Ça fait plus de trois ans que je l'ai mis en terre, et il n'a toujours pas porté.

— Et où l'as-tu planté ?
— Derrière la grange.
— Derrière la grange ? Là où la terre est dure ?
— Là où on ne peut pas le voir !
— Là où le soleil ne perce pas ?
— Là où on ne pourra pas me chiper mes pommes !

— Ah ! mon frère... Te souviens-tu de ce que je t'avais dit ? C'est la manière qui compte... Tu as planté ton arbre à un endroit où la terre est aride, où cingle le vent froid et où la grange masque le soleil. Tu t'es laissé guider par ton cœur égoïste et suspicieux. Tu as planté avec la main de l'avarice le pommier que je t'avais offert, et tu voudrais maintenant qu'il soit généreux envers toi ?

Le pauvre fermier ne dit mot, accablé soudain par un sentiment de honte qui le clouait dans le silence. Il s'en retourna chez lui, la tête basse. Et se jura d'essayer d'être moins austère à l'avenir.

11. Le pays perdu

Il y a bien longtemps, un royaume glorieux, *Cantref y Gwaelod,* s'étendait dans la région de l'actuel pays de Galles. Il allait jusqu'à la rivière Dovey qui se jette dans l'Atlantique par la baie de Cardigan. Les nombreuses fermes, villes et villages qui le composaient prospéraient à l'abri des flots marins grâce à un arsenal d'écluses et de barrages. Cantref y Gwaelod était un pays pacifique, cependant il devait livrer un combat quotidien contre les caprices d'un océan qui pouvait l'engloutir à tout moment.

L'homme qui régnait sur ce pays se nommait Gwyddno. Il avait été pendant des années un souverain apprécié de la plupart des habitants, car il avait amené la richesse tout en préservant la paix. Mais par la suite, il s'était vite laissé aller à la folie des grandeurs, succombant aux distractions faciles et à la tentation de l'oisiveté.

Il passait dorénavant une grande partie de son temps à régaler ses courtisans dans son luxueux palais. Il festoyait plus que de raison, s'adonnait aux jeux, goûtait tous les plaisirs que pouvait lui procurer son rang. Le peuple commençait de se dire que le prince avait perdu la tête. On ne parlerait bientôt plus que des fêtes licencieuses et des insatiables beuveries qu'il organisait tous les jours.

Le vice est contagieux, il contamine facilement celui qui ne s'efforce de lui résister. C'est ainsi que Seithenyn, l'ingénieur responsable de l'entretien des barrages, s'éloignait petit à petit du sérieux qui, pensait-on, le caractérisait. Il omettait d'aller vérifier l'état des constructions et, à la place, trinquait à la santé du prince. Participant aux réceptions de la cour, il s'amusait jusqu'au bout de la nuit et noyait son devoir dans la bière. Quand un jour son associé Teithryn, en charge de la grande digue du nord, lui fit remarquer ses insuffisances, Seithenyn ne se laissa pas décontenancer.

— C'est moi l'ingénieur en chef, c'est moi le spécialiste des écluses ! cria-t-il, une bouteille d'alcool à la main. Laisse-moi donc tranquillement écluser ce délicieux breuvage !

Son débit était impressionnant en effet, mais ce n'était rien en comparaison de celui du redoutable océan.

Sans maintenance, les constructions se fissuraient petit à petit, les marées érodant la pierre implacablement. Teithryn se rendait bien compte du danger encouru, mais personne ne prêtait attention à ses dires. Personne n'osait imaginer que le puissant royaume de Cantref y Gwaelod pût connaître un sort similaire à celui de l'Atlantide. Ah ! la présomption humaine... Gwyddno continuait à s'enivrer tout en rassurant son peuple et en lui promettant la protection divine. Celui-ci ne doutait pas de la parole de son prince. Jusqu'à ce fameux soir d'hiver...

Une tempête se leva. En quelques instants, d'immenses nuages avalèrent les timides étoiles. Le ciel s'endeuilla d'un noir total, puis le tonnerre gronda et des éclairs bleuirent la voûte, comme s'ils déchiraient un fragile tissu de crêpe. Le vent se déchaîna, en un rien de temps l'océan prit l'apparence d'une bête monstrueuse, d'un cachalot cauchemardesque. Les vagues crépitaient sous la pluie battante, cognaient de plein fouet les constructions, qui étaient sur le point de s'écrouler. C'était ce qui menaçait de se produire : à chaque vague, à chaque charge du colosse bleu, les barrages manquaient de céder.

Seithenyn était prostré sur sa digue. Il luttait contre le vent qui voulait l'emporter. Et il assistait, impuissant, à la débâcle de son œuvre. Alors il dégaina son épée et la brandit, la balança dans le vide, comme pour affronter un invisible démon. Bien sûr, rien n'y fit ! Un éclair frappa tout à coup l'édifice et le lézarda de part en part. L'eau s'engouffra dans la brèche jusqu'à la faire éclater totalement. La digue s'effondra, et Seithenyn disparut à jamais dans le tourbillon marin.

Il en advint de même des autres constructions cette nuit-là. Aucune écluse, aucun barrage ne résista au déluge. L'océan submergea le royaume, et des milliers d'habitants périrent en quelques heures. Il n'y eut qu'une poignée de survivants : le prince lui-même et plusieurs de ses courtisans, dont Teithryn, lesquels avaient pu échapper au cataclysme en se réfugiant dans la tour la plus haute du palais.

Mais de l'imposant monument, il ne subsistait que des décombres. Les rescapés s'étaient agrippés aux meubles des appartements princiers et avaient ainsi dérivé, sur leurs radeaux de fortune, jusqu'aux côtes désormais apaisées. Il ne leur restait plus rien du tout, si ce n'est le remords de n'avoir pas su faire face à leurs responsabilités, de s'être laissés aller aveuglément à leurs inclinations égoïstes.

Gwyddno, Teithryn et les autres sujets vécurent dans le dénuement jusqu'à la fin de leurs jours, parmi les ruines du regret et les vestiges du pays perdu dont on peut encore voir aujourd'hui les traces, à marée basse.

12. Lady Godiva

La légende de Lady Godiva expliquerait notamment l'apparition, dans la culture anglaise, du personnage du Peeping Tom (du verbe to peep *qui signifie « lorgner », « jeter un coup d'œil ») : cette référence, qui désigne un voyeur, est devenue commune en Angleterre.*

En 1057, le comte Leofric régnait sur la ville anglaise de Coventry. Son épouse s'appelait Godiva. Elle était extraordinairement belle, ses longs cheveux cascadaient comme une fontaine, et elle avait la cuisse rose. Sa beauté n'était pas qu'extérieure : en cette femme brûlait la flamme de la compassion. Souveraine pieuse et dévouée, Lady Godiva manifestait une grande générosité. Elle se démenait pour améliorer le sort de ses concitoyens et elle n'aimait pas du tout que son époux les traitât comme des serfs, prélevant sur leur maigre gagne-pain des impôts monstrueux.

— Mon mari, lui répétait-elle tous les soirs avant de se coucher, je vous supplie d'être moins avide ! Laissez donc ces pauvres gens vivre un peu... pour l'amour du Saint-Esprit et de la Vierge Marie !

— Vous divaguez, ma chère ! Vous aimez notre château, n'est-ce pas ? Porter vos robes de soie et vos parures écarlates ? Comment croyez-vous que je paye tout cela ? Avec l'argent du peuple, pardi !

— Alors je renonce à mon luxe, si cela peut permettre à nos paysans de vivre moins chichement ! Rien n'a plus de valeur à mes yeux que le bonheur d'autrui.

— Là, j'abonde dans votre sens. Et vous me rendriez en effet très heureux si vous n'abordiez plus ce sujet.

— Vous ne pensez qu'à vous-même, alors que le peuple souffre...

— Ça suffit ! Je ne veux plus entendre parler de ces fichus impôts !

Ainsi le comte mettait-il un terme à la discussion qui ne variait guère. Tous les soirs, Lady Godiva insistait pour qu'il fût plus clément et, tous les soirs, il persistait dans son entêtement. Jusqu'au jour où, totalement hors de lui, le comte rembruni lui lança :

— Vous n'avez qu'à monter à cheval entièrement nue et traverser le marché de la ville, si vous en avez le courage !

— Et alors ?

— Alors j'accéderai à votre requête.

Le comte avait dit cela sans trop réfléchir, comme on lance un défi à quelqu'un dans le but d'avoir la paix. Il croyait sa compagne beaucoup trop prude pour tenter pareille folie. Mais elle n'avait pas froid aux yeux.

— Si jamais je décidais de vous prendre au mot, m'accorderiez-vous la permission de le faire ?

Embarrassé, le comte ne sut trop que répondre.

— Euh... C'est-à-dire que... Oui, bien sûr ! bégaya-t-il, ne pouvant plus, au risque de perdre la face, revenir sur la proposition qu'il avait faite lui-même.

— J'accepte ! s'enthousiasma la comtesse. Je relève le défi !

Son sourire mutin nargua les yeux médusés du comte Leofric qui venait d'être pris à son propre piège.

C'était un jour pluvieux. De gros nuages noirs voilaient le ciel de Coventry. Lady Godiva s'apprêtait à s'élancer sur son étalon, totalement dévêtue.

Sa chevelure fontaine, qui lui couvrait le corps jusqu'aux jambes, était son seul apparat. Le comte tenta une dernière fois de lui donner des scrupules pour qu'elle renonce à son dessein.

— Il pleut à verse. Vous serez trempée. Vous allez attraper froid...

— Ce n'est pas grave.

— Vous ne craignez donc pas d'être vue ainsi ?

— Non.

— Et la Sainte Vierge, alors ?

— Laissez la Vierge Marie en dehors de tout ça, mon époux ! Il n'est nulle honte qu'il ne vaille la peine de subir si elle peut avoir des conséquences heureuses pour tout un peuple.

— Fichus impôts ! se renfrogna Lord Leofric.

Et Lady Godiva partit. Elle traversa au trot le marché qui grouillait de monde. La ville entière s'y affairait, mais une chose incroyable se produisit : personne n'aperçut la Très-Belle. Elle traversa tout le marché sans être vue. Et sans qu'une seule goutte de pluie ne la mouillât.

— C'est un miracle... bredouilla le comte à son retour, se ralliant à la cause de sa femme.

— Peut-être, oui, dit-elle. C'est peut-être la Vierge Marie qui m'a protégée des regards et de la pluie. Peut-être pas... Ma cause est juste : je méritais de réussir.

Le comte Leofric n'en revenait tellement pas qu'il décréta aussitôt l'allégement de tous les impôts et même la suppression de certains. Le peuple s'en réjouit, tandis que le couple seigneurial devait dorénavant apprendre à vivre moins luxueusement – sans toutefois perdre ses privilèges. Lady Godiva put ainsi continuer à se dévouer à son peuple, dans la foi qui la guidait. Elle fonda plusieurs édifices religieux, encourageant notamment la création du magnifique monastère de Coventry dont la richesse faite d'or et de joyaux resta longtemps inégalée en Angleterre. La comtesse était désormais connue dans tout le royaume grâce à ses actions bienfaitrices et à la miraculeuse légende qui l'auréolait depuis son exploit.

Bien des années plus tard, on apprit que le tailleur de la ville avait perdu la vue. Tom, c'était son prénom, avait travaillé au château ce fameux jour où Lady Godiva s'était dévêtue dans l'espoir d'habiller les pauvres. Mais ce n'est qu'au seuil de la cécité que Tom avoua son petit forfait : il avait lorgné, à travers une serrure, le corps nu de la jeune femme alors qu'elle montait sur son cheval. Le destin le punit en le rendant aveugle. C'est depuis ce jour-là que le Peeping Tom est célèbre en Angleterre.

13. Le bannock en balade

C'est l'histoire d'un gâteau écossais qui ne voulait pas se laisser manger. Un « bannock » : une sorte de petite galette à base de flocons d'avoine.

Il était une fois un vieux couple qui vivait dans un charmant petit cottage, près d'un lac. L'homme passait son temps auprès de ses deux vaches, de ses quelques poules et de son jardin ; sa femme, elle, cousait. Edward et Margaret estimaient posséder tout ce dont ils avaient besoin pour être heureux : une propriété, quelques animaux, et un amour qui les liait depuis très longtemps. Ils venaient en cet hiver de l'agrandir encore en accueillant deux adorables chatons.

Un matin, alors que l'aube pointait à peine le bout de son nez jaune pâle, le mari annonça qu'il aimerait aller à la pêche.

— Pourquoi pas ? lui dit sa femme. C'est une bonne idée. Attends un peu, je vais te préparer deux bannocks que tu pourras emporter avec toi.

Elle confectionna la pâte, la versa dans un moule en fonte et mit le tout au four. Puis elle sortit les gâteaux fumants et les déposa près de la cheminée afin de les laisser durcir.

Quand Edward aperçut ces deux bannocks dorés à souhait, qu'il huma l'odeur chaude et sucrée embaumant toute la pièce, il ne put se retenir. Il en prit un, le rompit et en avala aussitôt une bouchée.

— Aïe, ça brûle !... Mmmm !... Mais c'est bon...
— Gourmand que tu es ! Tu as si faim ? Tu ne peux donc pas attendre que ça refroidisse ?

À sa femme, Edward ne répondit rien, car on ne doit pas parler la bouche pleine. Pourtant une petite voix siffla :

— On pourrait effectivement attendre un peu...
— Qui a parlé ? s'étonna Margaret.

Edward restait muet, toujours occupé à mâcher.

— C'est moi, le second bannock ! Je ne veux pas subir le même sort que mon frère jumeau ! La vie est trop courte pour finir mangé !

Margaret n'en revenait pas : le gâteau parlait ! Elle n'eut pas le temps de réaliser ce qui se passait qu'il traversa la pièce en roulant, atteignit le seuil de la porte et fila hors de la maison. La vieille femme le poursuivit aussi vite qu'elle put, mais ses jambes n'avaient plus la vigueur de ses vingt ans : quand elle se retrouva dehors, sur le paillasson, le bannock avait disparu. Elle rentra d'un pas lourd et, encore tout essoufflée, dit à son homme :

— Tu imagines ? Un bannock qui parle ! Je n'ai jamais vu ça !

— Mais où est-il ? demanda Edward en tentant de déloger quelques miettes coincées entre ses dents usées.

— Il s'est enfui ! Tu te rends compte ?

— Bien sûr que je m'en rends compte ! rouspéta-t-il. Qu'est-ce que je vais bien pouvoir manger d'aussi bon, maintenant ?

Pendant ce temps-là, le bannock vadrouillait dans la campagne. « Non mais, songea-t-il, pour qui se prennent-ils, ces deux-là ? J'allais quand même pas me laisser manger *par mes parents* ! »

Il arriva près d'une autre chaumière qui appartenait à un tailleur. Ce dernier se tenait assis avec ses deux apprentis sur une grande table, à côté de la fenêtre. Ils étaient tous les trois occupés à coudre tandis que l'imposante femme du tailleur cardait de la ouate près du feu. Dehors le vent soufflait. Comme le bannock tremblait de froid et qu'il aurait bien aimé se réchauffer un peu – n'oublions pas qu'il était habitué à la chaleur, ayant passé une grande partie de sa courte vie dans un four... –, il s'introduisit en douce dans la demeure.

— Hé ! regardez ! s'écria la femme. Un bannock qui marche !

En voyant l'intrépide gâteau, les tailleurs prirent peur et sautèrent de la table pour se cacher derrière la grosse femme.

— Allons donc ! Ne me dites pas que vous êtes effrayés par ce petit bout de pâte ?

— Un bout de pâte qui a des pattes, Mandy ! C'est un beignet fantôme ! geignit le maître tailleur en se prenant la tête entre les mains.

— Allons... reprit la femme gloutonne. Ce sont seulement des flocons d'avoine un peu vivants. Donc tout frais ! Tu sens ce parfum de croûte dorée, Philip ? Je suis sûr qu'il est délicieux... fit-elle en se baissant pour ramasser le gâteau.

Mais celui-ci ne l'entendait pas de cette oreille.

— Je n'ai pas échappé à mes ogres de parents pour me laisser dévorer par une famille de tailleurs ! Ah non !

Il esquiva le large geste de la grosse femme et courut vers la porte.

— Tu ne t'échapperas pas ! corna-t-elle.

Elle saisit sa carde et la brandit en se levant. Son mari s'empara de ses grands ciseaux et l'un des apprentis, du mètre en fer. Le troisième s'avança vers leur proie muni de la boîte à punaises.

— Si tu crois pouvoir m'accrocher au mur, tu te trompes ! lui lança le dessert en filant vers la sortie.

Et il s'éclipsa comme un soleil d'Écosse. Les tailleurs se figèrent, pantois, leurs menaçants outils à la main.

— C'est pas du gâteau d'attraper un bannock... lâcha finalement le maître tailleur, sans se rendre compte du succulent jeu de mots qu'il venait de faire.

Le bannock l'avait donc encore une fois échappé belle. Il avait eu tellement peur qu'il continuait de filer à toute allure dans la direction opposée à la chaumière. Il était né depuis à peine une journée, et voilà qu'à deux reprises on avait tenté de le tuer. « C'est pas de tout repos d'être un bannock dans ce monde d'affamés », pensa-t-il avec nostalgie, regrettant l'époque pas si lointaine où il était une levure qui reposait en paix.

C'est alors qu'il aperçut de la lumière parmi la brume qui tombait. Il crut distinguer une autre chaumière. Certes, il se doutait bien du danger qu'il encourait à pénétrer dans cette nouvelle habitation. Mais dehors il faisait vraiment trop froid, d'autant plus que la nuit approchait, avec tous ses bruits inquiétants. Quelques corbeaux croassaient à fendre le ciel. Tout à coup, des hurlements de loups résonnèrent dans la campagne. La lune même en frissonna, et le bannock décida de tenter sa chance dans la chaumière qu'il entrevoyait.

Un tisserand y était adossé à son métier pendant que sa femme somnolait dans un fauteuil. Lui avait un peu mal aux yeux à force de fixer la laine. Aussi, en voyant passer la pâtisserie ambulante, se crut-il victime d'une hallucination.

— Hé ! Mary ! Tu dors ?
— Oui, pourquoi ?
— Je crois avoir vu un bannock en balade...
— Tu travailles trop, mon amour.

Le bannock repassa devant les pieds du tisserand stupéfait.

— Hé ! Mary !
— Quoiâââââ...
— Je ne rêve pas ! Il y a bel et bien un bannock qui bouge...

La femme ouvrit les yeux et aperçut le phénomène en question.

— Hou ! mais c'est vrai qu'il y a un bannock qui se promène ! Et il a l'air bon en plus...
— Attrapons-le !

Le couple se jeta sur la pauvre pâtisserie, mais sans succès : vif comme l'éclair, le bannock réussit à les éviter. Il les laissa sur place et s'enfuit dans la nuit.

Tout cela n'arrangeait guère notre petit dessert, qui était seul et transi dans le noir du monde. Or la même chose se produisit plusieurs fois : le bannock voyait une lumière, s'aventurait dans la maison et en ressortait aussitôt pour ne pas finir dans un estomac. C'est ainsi qu'il ne combla pas l'appétit d'un fermier, d'un cordonnier, ni celui d'un meunier dont le grand four l'avait séduit. Il réchappa également d'un bûcheron et d'un forgeron qui adoraient déguster des bannocks avec une pinte de *lager*[1]. La cavale dura ainsi toute la nuit et, à l'aurore, le gâteau faillit encore se faire attraper par le chien d'un berger qui s'apprêtait à petit-déjeuner avec du lait de chèvre.

Le bannock était épuisé, n'ayant pas fermé l'œil une seule seconde. Il pensa que rester en vie était un dur combat. Et il n'avait même plus la force de penser, tant la fatigue l'accablait.

Il s'allongea sous un buisson, dans l'espoir de se reposer un peu. Là enfin, il ne craindrait rien, personne ne viendrait l'embêter sur ce petit coin de mousse. Mais il faisait encore sombre, le jour n'était pas entièrement levé : le bannock n'avait pas vu qu'il venait de s'étendre près du terrier d'un renard.

Les renards sont agiles et n'ont point d'état d'âme. Quand leur ventre crie famine, ils savent la jouer très fine. Alors que le bannock s'endormait avec des

---

1. La pinte, en Grande-Bretagne, est une unité de mesure de capacité valant un peu plus d'un litre. Quant à la *lager,* c'est une sorte de bière blonde.

rêves de trêve, l'animal surgit de son trou et le dévora d'un seul coup.

La morale de cette histoire est un peu dérisoire : rien ne sert de vouloir échapper à son sort, un jour ou l'autre on est rattrapé par la mort. Quant à ceux qui se croient si habiles, qui s'imaginent être les plus forts, ils se sont bien fait avoir par le gâteau retors. C'est le petit renard, discret dans son terrier, qui a été bien plus malin que les piètres humains !

*

Voici la recette traditionnelle du bannock. Elle est très simple, mais on peut aussi ajouter de la cannelle et des raisins secs ou des myrtilles ou une belle portion de sucre... Faites preuve d'imagination !

Ingrédients pour deux beaux bannocks :
125 g de farine d'avoine
quelques flocons d'avoine supplémentaires
3 à 4 cuillerées à soupe d'eau chaude
2 cuillerées à café de beurre fondu
2 pincées de bicarbonate de soude
1 pincée de sel

Préparation :
Mélanger la farine d'avoine, le bicarbonate de soude et le sel.

Faire un puits au milieu de la préparation et y ajouter le beurre fondu.

Bien remuer avec une grande cuiller en bois.

Verser progressivement l'eau chaude de manière à obtenir une pâte épaisse.

Parsemer l'une des surfaces de flocons d'avoine et retourner la pâte sur cette surface (ne pas trop tarder car la pâte devient plus difficile à travailler quand elle est froide).

Couper la pâte en deux et pétrir chaque moitié pour former une boule (s'enduire auparavant les mains de farine afin que cela ne colle pas).

Aplatir avec la paume de la main pour former des galettes de un à deux centimètres d'épaisseur.

Placer les bannocks dans une poêle chaude et légèrement huilée.

Les faire cuire de chaque côté jusqu'à ce qu'ils soient bien dorés (environ trois minutes selon la température), puis laisser refroidir.

Le bannock est meilleur le jour même de la cuisson. Nappez-le de ce que vous aimez : confiture, miel, chocolat fondu, beurre de cacahuète...

*

Here is the traditional bannock recipe. It is quite simple, but you can also add cinnamon and raisins or wild blueberries or a lot of sugar... Use your imagination!

Ingredients for two bannocks:
4 oz oat flour
additional oatmeal
3/4 tablespoons hot water
2 teaspoons melted butter
2 pinches of bicarbonate of soda
pinch of salt

Method:
Mix the oat flour and bicarbonate and salt.

Make a well in the middle of the mixture and pour in the melted butter.

Stir well, using a large wooden spoon.

Add gradually the hot water until the paste is stiff.

Cover a surface with oatmeal and turn the mixture onto this (work quickly as the batter is difficult to work once it cools).

Cut into two and knead each half into a ball (with hands covered in oatmeal to stop it sticking).

Flatten with palm, spreading the dough to half an inch in thickness.

Place the bannocks in a heated pan which has been lightly greased.

Brown them on each side (dependent on heat this should take approximately three minutes) and let them cool.

Bannocks are best the day they are cooked. Smother them with favourite toppings: jam, honey, melted chocolate, peanut butter . . .

14. Guenillette

Le titre original de ce conte est Tattercoats. *Le mot* tatters *signifie « haillons » tandis que* coat *veut dire « habit », « manteau ». C'est donc l'histoire d'une fille en guenilles, comme dans le célèbre conte de Charles Perrault,* Cendrillon *(*Cinderella *en anglais), dont on retrouve des avatars dans nombre de cultures. Ici opère également le motif de la fabuleuse métamorphose. Mais ces ressemblances, vous allez le constater, n'atténuent pas pour autant la singularité de ce conte anglais.*

Il était une fois, dans un splendide palais au bord de la Manche, un vieux lord[1] qui possédait une fortune considérable. La seule richesse qui lui manquait, c'est la plus importante de toutes : celle du cœur. Le vieil aristocrate avait perdu toute famille et demeurait dans une grande solitude. Si grande que même prendre un thé au lait en fin d'après-midi laissait ses journées sans saveur.

Pour être tout à fait exact, ce lord n'était pas complètement dépourvu de famille. Il lui restait bien une petite-fille mais il la détestait, car c'est en la mettant au monde que sa fille unique était décédée. Jamais, depuis la naissance de l'enfant, il n'avait daigné contempler son visage : le vieux lord s'était enfermé dans un inconsolable chagrin.

Sa seule distraction était de se complaire dans la mélancolie, le souvenir de sa fille adorée. Il s'asseyait à l'une des fenêtres du palais, toujours la même, et regardait le ressac comme si c'étaient les larmes de la Terre qui coulaient. Il ne se soignait pas, ne se choyait plus, subsistant dans un profond dégoût de lui-même et du monde alentour. Sa barbe et ses cheveux blanchis par l'âge touchaient le sol. S'y accrochaient des grains de sable et des poussières de nostalgie apportés par le vent du large.

1. Aristocrate anglais.

Pendant ce temps, la jeune fille grandissait, livrée à elle-même. Et si son grand-père consentait à l'héberger, il ne subvenait pas à ses besoins pour autant. La pauvre adolescente n'avait donc pas de quoi se nourrir, et se contentait de finir les restes que laissaient les domestiques. Elle n'avait pas de quoi s'habiller non plus, et devait se satisfaire des vieux haillons qui traînaient dans les placards. Ainsi déambulait-elle dans les immenses couloirs, épaules et pieds nus, sous le regard moqueur des valets qui l'affublaient de ce surnom peu flatteur : Guenillette.

Le seul ami de Guenillette, c'était le garçon de ferme, Jack. Avec lui au moins, elle pouvait discuter des heures entières, flânant dans les vertes allées du jardin, cachant sa pauvreté derrière la joie d'être ensemble. Jack possédait un pipeau qu'il avait sculpté dans du noyer et, quand sa camarade était triste ou qu'elle avait faim, il lui jouait un air joyeux qui parvenait toujours à la faire sourire.

Jack était aussi un virtuose des ricochets sur l'eau. Les deux amis s'en allaient sur la grève et lançaient des galets comme des fragments d'espoir que l'on essaie de faire rebondir à l'infini. Depuis sa haute fenêtre qu'il ne quittait plus, le grand-père apercevait les deux enfants. Enfin, seulement de dos. À peine Guenillette se retournait-elle qu'il fermait les yeux. Et ravalait toute l'amertume qui lui montait à la gorge. Ainsi donc vivaient le vieux lord et sa petite-fille : l'un sans l'autre, et chacun dans son malheur.

Un jour, on annonça la venue du roi. C'était un événement extraordinaire, car le souverain ne traversait pas souvent les petites villes de son royaume. En fait, le prince était à la recherche d'une épouse, une jeune compagne dont la beauté n'aurait d'égale que la simplicité. Afin de ne pas rater la perle rare, le roi avait décidé de ne négliger aucune région de son grand pays. Lui et son fils le sillonnaient donc sans relâche, espérant trouver enfin cette femme idéale.

Nul besoin de dire que toutes les courtisanes, toutes les prétendantes qui pensaient avoir une chance de séduire le prince se tenaient prêtes à rivaliser. Sur les ordres du roi, la ville se préparait à donner un grand bal, et c'était à ce moment-là que le choix devrait se faire – ou pas : rien, en effet, n'assurait le prince qu'il trouverait chaussure à son pied.

On porta une invitation officielle à tous les notables des environs. C'est donc tout naturellement que le vieux lord en reçut une. Il était comme d'habitude à ruminer son sort devant la fenêtre.

— Comment ? bougonna-t-il, s'adressant à l'un de ses valets. Le roi souhaite ma présence au bal ? Mais cela fait des années que je ne suis sorti de mon palais ! Regarde ces cheveux trop longs, regarde ces vêtements fripés...

La chevelure du vieil homme s'entortillait autour de ses jambes flétries. Toutefois la perspective de rencontrer le roi en personne lui donna tout à coup comme un second souffle.

— Va vite me chercher le meilleur coiffeur de la ville, le meilleur barbier et le meilleur tailleur ! ordonna-t-il au valet. Ramène-moi aussi le bijoutier ! Et qu'on selle les chevaux de mon carrosse avec de l'or et de la soie !

Ses ordres furent exécutés à la lettre. Guenillette ne mit pas longtemps à se rendre compte que quelque chose d'inhabituel se passait. Quand elle apprit la nouvelle, elle voulut absolument participer au bal. Mais elle ne portait que des haillons, et pas de chaussures... Sa superbe chevelure n'était pas arrangée. Qui l'emmènerait à la salle des fêtes du château ? Et à supposer qu'elle y parvienne, la laisserait-on entrer ?

— Allons, ne pleure pas, lui dit Jack, tentant de la réconforter.

— Je ne suis jamais sortie de ce palais ! se lamenta la jeune fille. Pour une fois que j'aurais l'occasion de rencontrer des gens, de voir un prince et d'admirer toutes ces belles femmes dans leur corset de satin...

— Tu n'as rien à leur envier, coupa Jack qui s'apprêtait à jouer de son pipeau. Tu es bien plus belle que toutes ces femmes...

— Personne ne le sait.

— Moi je le sais.

C'est vrai qu'elle était belle, la petite-fille du lord. On aurait dit une gentiane sur une terre aride, tant elle rayonnait. Ses cheveux blond miel, son regard bleu océan, sa peau de pêche faisaient oublier les pauvres oripeaux qui pendaient à ses épaules quasi nues. Elle était fine, élancée, dépassant même le garçon de ferme qui, c'est vrai, n'avait pas beaucoup grandi. Guenillette approchait de ses seize ans, l'âge où l'on a ce goût d'orange dans la bouche, où l'on aime aller se promener sous les tilleuls en fleur en rêvant d'y croiser l'amour et le papillon bonheur...

Jack, même s'il ne le reconnaissait pas, était un peu amoureux d'elle. Il l'aimait comme on aime quelqu'un de fragile ; il voulait la protéger. Il entama une douce mélodie mais, pour une fois, celle-ci ne sécha pas les yeux de son amie.

— Je veux y aller, à cette fête ! martela-t-elle. Plus que tout au monde !

Alors Jack céda.

— Ne t'inquiète plus, Guenillette, je vais t'aider ! finit-il par lui dire. Je t'accompagnerai au bal, et tu pourras voir ton prince !

Cette fois-ci, il n'eut pas besoin de sa flûte pour dessiner un sourire sur le visage de son amie.

Le fameux soir arriva. Depuis quelques semaines pointait le printemps, mais il faisait encore frais. Si frais, parfois, que la mer elle-même se pelotonnait. Ce soir-là c'était le cas, sous la lumière vieil argent du clair de lune. Guenillette aurait tant aimé porter une laine élégante sous une jolie veste en cachemire. Malheureusement, le seul vêtement dont elle put se draper, c'était un manteau miteux aux trous apparents.

— Je n'ai rien d'autre à me mettre, se plaignit-elle à Jack en sanglotant.

— Ce n'est pas grave, je t'assure, lui répondit ce dernier. Je te réchaufferai si tu as froid.

— Ce n'est pas cela qui m'importe... J'ai peur de ne pas être acceptée au bal dans cette tenue.

— Mais si, je suis certain qu'on nous laissera y participer.

Jack n'était pas lui-même convaincu de ce qu'il avançait, et les taches indélébiles du vieux pardessus qu'il avait déniché dans le grenier du palais n'étaient pas pour le rassurer. Néanmoins, il tenait tellement à ne pas décevoir sa meilleure amie qu'il dissimula ses craintes.

Les deux jeunes gens partirent dans le soir, avec pour seul plan, pour seule boussole, leur bonne étoile et les carrosses brillants qui roulaient vers la ville. En route, ils aperçurent celui du vieux lord qui se rendait en convive à la réception. Il passa son chemin sans s'arrêter, ne se tournant pas, même furtivement, vers celle qu'il ne regardait jamais en face.

Au bout d'une heure de marche, les deux amis n'avaient pas effectué le quart du chemin, or le bal allait débuter ! Le vent froid s'immisçait dans le manteau de Guenillette qui tremblotait. Peu à peu, la jeune fille se décourageait. Bientôt une larme perla sur sa joue.

— Ça ne sert à rien de continuer, Jack ! C'est bien trop loin, et je suis bien trop vilaine. Nous n'aurions pas dû...

Elle n'eut pas le temps de terminer sa phrase qu'un hennissement emplit la nuit. Elle fit volte-face et vit un cheval blanc qui se cabrait. Il était harnaché d'or et de soie, et portait un cavalier au costume étincelant. L'homme était beau à faire pâlir la nuit d'encre. Il était beau à ravir les étoiles, et Guenillette tomba amoureuse de lui.

— Où donc allez-vous ainsi ? lui demanda-t-il.

— Au château où séjourne le roi.

— Je m'y rends justement. Puis-je vous y déposer ?

La jeune fille lui sourit, et dans ce petit miroir de nacre, le cavalier lui aussi aperçut le reflet de l'amour.

Jack avait entrevu le coup de foudre mutuel. Il prit son instrument et entama une douce mélodie.

— J'aimerais, si vous le permettiez, danser avec vous ce soir... ajouta le cavalier aux épaules d'argent.

— Je serais enchantée de vous accompagner au bal, s'empressa de dire Guenillette. Mais croyez-vous qu'on me laissera entrer... dans cet état ?

— Vous n'avez pas de souci à vous faire, je vous le promets, fit l'homme en lui tendant la main pour l'aider à monter derrière lui.

— Et mon camarade ? Je ne peux pas l'abandonner ici !

Jack s'arrêta de jouer.

— Cela n'a aucune importance. Va au bal et amuse-toi comme jamais.

— Tu es bien sûr ?

Il fit un geste de la main pour lui signifier de l'oublier, et se remit à jouer. Une musique si belle, si émouvante, que déjà elle emportait le cœur des deux amoureux.

Le bal fut un succès. Guenillette et son beau cavalier dansèrent toute la nuit la valse et le quadrille. Les dames apprêtées, marquises et duchesses, se scandalisèrent de voir cette vagabonde au bras du prince. Car c'était bien le prince qui tournait avec elle. Le fils du roi que toutes les belles d'Angleterre courtisaient.

À la fin du bal, sous le regard médusé des comtesses dont les mauvaises langues se déliaient au bord de la piste, le prince demanda la main de Guenillette, qui accepta de l'épouser. Il en informa à voix haute le roi qui présidait la réception.

— Voici ma promise, Père. Celle pour qui mon cœur battra jusqu'à la fin.

Guenillette rougissait, à la fois heureuse et gênée, car ses haillons faisaient la risée des aristocrates qui la toisaient. Ils faisaient aussi hésiter le roi, lequel souhaitait pour son fils une épouse moins misérable.

Cependant, le petit Jack venait juste d'arriver au château après avoir marché toute la nuit. Comme l'orchestre avait cessé de jouer, il s'empara de son pipeau pour en extraire la plus belle, la plus suave des musiques. C'était comme si des perles de rosée s'effilaient sur la harpe bleue du monde. Tous les cœurs frémirent, même les plus austères et, soudain, les vêtements de Guenillette se mirent à luire. Au bout de quelques instants, ils se métamorphosèrent en la plus splendide des robes de satin. À présent, un collier brillait à son cou et une couronne de lumière la coiffait. Les convives lâchèrent un grand « Oh ! » d'étonnement. Personne n'en crut ses yeux, sauf un vieux monsieur aux cheveux et à la barbe blanchis par l'âge, qui tournait le dos à la scène. Un lord prisonnier de sa rancune et qui avait peut-être décidé de mourir malheureux.

Charmé par tant de splendeur, le roi autorisa le mariage de son fils avec Guenillette. Le prince et sa princesse eurent une belle vie ensemble, et Jack resta leur meilleur ami jusqu'à la fin de leurs jours. Il devint même le parrain de leurs enfants tandis que, parmi la Manche, quelque part sur les rides de cette mer grise qui ressemble à un front trop triste, erre éternellement, égaré dans sa solitude, le regard du vieux lord qui n'a jamais voulu voir sa petite-fille.

15. La légende de Oisin

Il y a bien longtemps, quand la voix des bardes vibrait encore en Irlande, un homme attirait toutes les attentions de la province du Leinster. C'était Finn MacCumhaill, le chef de la Fianna, une bande de guerriers chasseurs à la bravoure exemplaire. Finn fut un être au destin exceptionnel, il mourut d'ailleurs à deux cent trente ans, non sans avoir auparavant donné naissance à un fils. Mais dans quelles circonstances...

C'était à première vue un matin de chasse comme les autres. Les chevaux galopaient dans les écharpes de brume, à la poursuite d'une biche. Toute la meute se ruait sur elle quand deux chiens l'attrapèrent.

— Allez ! gronda Finn en mettant pied à terre. Tenez-la bien !

Mais les deux chiens osaient à peine maintenir la fragile biche entre leurs crocs, tandis que les autres bêtes s'étaient sagement disposées en cercle autour de la proie. Aucun grognement, aucune morsure. Ils étaient si calmes ! La biche aurait pu facilement s'échapper. Quelque chose d'inhabituel était en train de se produire...

Alors Finn remarqua qu'il se trouvait sur la colline d'Allen ; il venait de s'aventurer dans cet endroit magique. Ses compagnons, eux, n'avaient pu gravir la pente et étaient restés en bas, comme pétrifiés sur leur monture. Seul Finn pouvait s'approcher de la biche qui ne se débattait pas.

— Je m'appelle Sadb, dit-elle. J'étais autrefois une femme qui faisait partie de la Fianna. Jusqu'à ce qu'un ténébreux druide m'envoûte et me transforme...

Finn était sidéré. Il fit signe à ses compagnons de ne pas l'attendre, puis il s'avança vers la créature. Ils échangèrent un regard, leurs yeux s'allumèrent, la méfiance et la crainte se muèrent en complicité. Finn toucha la biche, et celle-ci se métamorphosa en femme.

— Enfin le sort se rompt... lâcha-t-elle dans un soupir.

Finn vit cette silhouette de fée, ces cheveux blonds en cascade où tombait une étrange lumière un peu mauve, et son cœur se serra.

— Je vous emmène. Montez avec moi ! lui enjoignit-il en lui prenant la main.

Ils passèrent la nuit ensemble, ils s'aimèrent. Au petit matin, Finn devait repartir avec ses compagnons. Dès que son cheval détala, que son regard abandonna Sadb, celle-ci redevint ce qu'elle était avant la rencontre : une biche au pelage mordoré, perdue dans la solitude de l'Irlande.

Neuf lunes eurent le temps de traverser le ciel, alors Sadb se sentit sur le point de donner la vie. Cette nuit-là était constellée d'étoiles, comme si les yeux de l'espérance avaient par milliers présidé à la naissance de l'enfant. Allait-il naître humain ou animal ? Mi-ange ou mi-démon ? C'est sous un sorbier des oiseleurs que Sadb attendit. Elle attendait que le destin sortît de son ventre rebondi, elle attendait une heureuse nouvelle pour elle et tout le peuple irlandais. Elle ne fut point déçue, car elle accoucha d'un bébé magnifique. Elle l'appela Oisin, ce qui signifie « petit cerf » en gaélique.

Quand Finn découvrit le nourrisson sous le sorbier des oiseleurs, Sadb ne s'y trouvait plus. Mais le chef guerrier reconnut immédiatement son fils. Il le prit dans ses bras et sous son aile. Il l'éleva pendant sept années, lui prodiguant tout ce qu'un bon père peut apporter à un enfant : l'éducation, l'amour, la tendresse. Or Finn était un chasseur, il vivait dangereusement. Au bout de sept ans, il préféra donc confier Oisin à des parents adoptifs jusqu'à ce que le jeune garçon devienne assez fort.

Devenu adolescent, Oisin voulut rejoindre la Fianna. On ne lui accorda aucun traitement de faveur, bien qu'il fût le fils du chef. Il se plia aux épreuves que tout homme devait réussir s'il voulait entrer dans la bande : il fallait, enterré dans le sable jusqu'à la taille, éviter les lances qu'on vous jetait ; il fallait aussi courir dans la forêt sans faire bouger ses cheveux, ou semer la troupe qui vous pourchassait. Oisin s'en sortit brillamment et fut admis avec les honneurs dans les rangs de la Fianna. Son père était fier de lui.

Son charisme le porta bien haut. Oisin avait lui aussi l'âme d'un chef, il menait maintenant une partie des guerriers. Il les conduisait à accomplir des exploits, s'attirant ainsi les faveurs du peuple. Bientôt le fils de Finn fut aussi célèbre que son père. C'est à ce moment-là que survint dans sa vie un événement extraordinaire.

C'était en apparence un soir comme les autres. Assis sur la plage, face à l'océan, Oisin goûtait le repos du guerrier. Le crépuscule était doux. Une étrange lumière de vieil argent pleuvait sur l'écume échevelée. Soudain une brillance vermeille apparut. Elle glissa sur les vagues, s'approchant du jeune homme toujours assis là, subjugué par cette belle couleur qui dansait sur l'eau. Oisin se frotta les yeux, incrédule. Quand il les rouvrit, une femme-fée se tenait à ses côtés. Sa chevelure effleurait le sable gris en y disséminant de la poudre d'or.

— Je m'appelle Niamh, dit-elle. *Je suis la reine des fées.* Vous êtes l'homme le plus merveilleux qu'il m'ait été donné de voir.

L'homme resta bouche bée quelques instants. Il était déjà sous l'emprise du charme de la reine, et il venait de remarquer son majestueux cheval blanc qui flottait sur l'eau.

— C'est ainsi que vous êtes venue à moi, sur ce cheval ? demanda-t-il presque machinalement, pour dire quelque chose.

— En effet, oui. C'est un cheval magique, il nous conduira tous les deux à mon royaume, si tu veux bien me suivre. Pourquoi rester ici ? Ta vie n'est qu'une lutte harassante. Tu es certes courageux mais tu t'épuises. Là-bas, chez moi, tout est délice : le soleil te caresse la peau, les arbres fleurissent à t'embaumer l'âme ; les fruits sont abondants, le miel et le vin aussi. C'est un pays où l'on joue, où l'on s'amuse, où l'on est heureux. Tu n'y connaîtras jamais la déchéance ni la mort...

Elle était belle, la reine-fée, quand elle parlait sa bouche s'arrondissait comme des baisers. Sa voix était douce, et ses promesses emportaient déjà l'avenir de Oisin.

— Tu n'imagines pas ce que tu recevras chez moi, ajouta-t-elle. Des joies, des plaisirs que je ne peux t'expliquer avec des mots...

Oisin était bien tenté, mais il hésitait. Pouvait-il laisser tomber ses amis de la Fianna ? Son peuple saurait-il se défendre face à l'ennemi ? Qui aiderait les pauvres ? N'avait-il pas lui aussi le droit de vivre une existence de plaisir et d'insouciance ? Ces questions se bousculaient dans sa tête.

— J'ai besoin d'un peu de temps pour réfléchir. Puis-je vous donner ma réponse demain matin ?

— Demain te tend la main. J'attends ta réponse pour l'aurore.

Et comme elle prononçait ces paroles, la fée monta sur son cheval, la même lumière vermeille luisit puis disparut dans un éclair. En un instant, l'incroyable reine s'était volatilisée. Et la nuit venait de tomber.

Oisin ne quitta pas la plage, malgré la fatigue. Seul dans le noir, il se tourmenta jusqu'à l'aube. Était-il prêt à tout abandonner pour Niamh ? À sacrifier la confiance et l'amitié des camarades de la Fianna ? Quels trésors, quel bonheur impossible à atteindre dans le monde des hommes recelait donc

Tir na n'Og, le royaume des fées, qui était aussi celui de l'éternelle jeunesse ? L'immortalité heureuse, n'est-ce pas finalement le cadeau suprême que tout un chacun désire ? La fée ne lui ouvrait-elle pas une porte vers le Divin ?

Enfin le soleil se leva. Il était rouge, d'une incandescence rare et, en son cœur, c'était la silhouette de Niamh juchée sur son cheval qui se dessinait et grossissait à vue d'œil. Quand elle se posta à la hauteur de Oisin, le cheval blanc se cabra, et une kyrielle de paillettes d'or dégringolèrent de la chevelure de la fée. Le sol en était tout à coup recouvert, comme une neige de feu étincelante.

— Alors ? fit Niamh du haut de sa monture. Qu'as-tu décidé ?

— Tu vois ces vagues qui roulent sur le sable ? demanda Oisin.

— Bien sûr. Où veux-tu en venir ?

— Que je sois là ou pas, elles roulent et rouleront encore, jusqu'à la fin des temps.

— En effet.

— Je ne suis pas indispensable à la marche du monde. Le monde continuera de tourner, avec ou sans moi.

Oisin marqua une courte pause et regarda vers le soleil qui brillait plus fort.

— Je te suis, Niamh. Je pars avec toi.

— Viens ! sourit-elle en lui tendant la main.

Le guerrier s'assit derrière la reine-fée. Il lui serra les hanches, dans une pression tendre et complice.

Sur le point de partir au galop, dans le soleil qui émergeait largement au-dessus de la mer, le cheval blanc hennit en guise d'adieu à l'île d'Irlande.

Tir na n'Og ressemblait bien à ce que Niamh avait décrit. Les arbres en fleurs, les fruits fabuleux, le doux soleil, l'amour... C'était le pays de la félicité. La journée, Oisin chassait, le soir il festoyait en compagnie de ses nouveaux amis et de celle qui était devenue sa femme. Ensemble ils eurent deux fils et une fille. Et rien n'aurait dû abréger ni ternir ce bonheur.

Sauf que, au bout de quelques mois, Oisin commença de trouver le temps long. Le climat ne le rudoyait pas, il n'avait plus besoin de parcourir de longues distances pour se nourrir, le gibier ne s'enfuyait jamais : c'était trop facile de vivre au royaume des fées. Or cette facilité l'ennuyait. Les difficultés de sa vie antérieure qui l'avaient façonné, qui avaient fait de lui un guerrier chasseur, n'existaient plus. Oisin avait perdu ses repères, ses habitudes, et les frères d'armes de la Fianna lui manquaient terriblement. Il voulut absolument les retrouver. Ce qu'il annonça un jour à son épouse.

— J'espère que tu me comprends... Je t'aime, mais j'ai besoin de savoir à nouveau qui je suis.

— Tu risques d'être déçu et de ne pas retrouver ce que tu as laissé derrière toi. Sais-tu que le temps passe différemment ici et dans le monde des hommes ? Reste avec moi et nos enfants, je t'en prie !

— Je pars seulement pour une journée, je te le promets. Je veux simplement revoir mes anciens amis et leur dire que j'existe encore. Je suis sûr que tu peux comprendre.

— Alors prends le cheval blanc. Il te ramènera d'où tu viens. Mais n'en descends jamais, ne quitte jamais cette monture magique. Ou alors tu périras sur-le-champ.

Oisin acquiesça. Et ne perdit plus une minute.

Il monta le cheval magique et se lança sur la vaste mer. En quelques instants, il rejoignit la plage qu'il avait un jour quittée, non loin de la colline d'Allen. Et là, son rêve s'effondra.

La colline était broussailleuse, des herbes hautes s'y battaient en duel ; sur l'autre versant, la forêt sauvage avait tout simplement disparu au profit de pâturages à perte de vue. Oisin ne reconnaissait rien. Il crut d'abord s'être trompé d'endroit, mais il dut se rendre à l'évidence : tout avait changé.

Il ressentit une colère amère, une déception aigre qui stagnait dans sa gorge. Alors il chevaucha jusqu'à Glenasmole, dans l'actuel comté du Wicklow. Là, il tomba sur une bande de trois jeunes garçons qui s'évertuaient à soulever un énorme bloc de pierre. Il leur demanda où se trouvaient Finn et la Fianna.

— Vous rigolez ou quoi ? se moqua l'un d'eux.
— Pas du tout. Je cherche Finn. C'est mon père.

Les autres éclatèrent de rire.

— Ah ! monsieur ! Ne nous faites pas marcher ! Finn est juste une vieille légende à laquelle personne ne croit plus, même pas mon grand-père !

Ils se remirent à l'ouvrage, sous le regard consterné de Oisin. Celui-ci éprouvait une lourdeur sur ses épaules, comme si un nuage au poids insupportable lui passait dessus. Niamh avait raison : le temps s'était écoulé différemment sur l'île et au royaume des fées. Et Oisin venait d'apprendre le décès de son père.

— Et elle remonte à longtemps, cette légende ? balbutia-t-il.

— Oh !... à quelque chose comme trois cents ans ! répondit l'un des hommes en plein effort.

La tête de Oisin se vida sous le choc. Il ne sut tout à coup plus quoi faire de lui-même, de son propre corps qui l'encombrait.

— Vous voulez un coup de main ? proposa-t-il, décomposé, en les voyant à la peine.

— Ce n'est pas de refus, merci !

Il descendit de cheval et les aida à hisser le bloc de pierre dans leur carriole. Il le fit sans aucune difficulté, encore imprégné de la puissance surnaturelle que les quelques mois passés au royaume des fées lui avaient insufflée.

— C'est incroyable ! s'étonna l'un des garçons. Vous avez une force exceptionnelle !

Mais comme il disait cela, une grande ride barra le front de Oisin.

— Mon Dieu ! s'affola-t-il. Je n'aurais jamais dû mettre pied à terre !

Niamh l'en avait dissuadé, en effet. D'un seul coup, les trois siècles qui venaient de s'écouler comme quelques mois marquèrent leur passage sur le corps du chef guerrier. Son visage se fripa comme une paillasse, ses cheveux blanchirent, ses dents tombèrent les unes après les autres. Son corps se recroquevilla à la manière d'un hippocampe. Les jeunes garçons s'en horrifièrent.

— Tout est perdu ! articula Oisin d'une voix caverneuse comme s'il avait eu mille ans. Tout s'écroule parce que j'ai voulu revoir ce que j'avais quitté !

Et il fondit en larmes, sous le regard hébété du trio qui ne comprenait rien à ce qui se passait.

L'histoire de l'homme qui était apparu sur un cheval magique et qui avait inexplicablement vieilli en quelques secondes se répandit dans toute l'Irlande comme une traînée de poudre. Elle arriva très vite aux oreilles de saint Patrick, l'évêque miraculeux qui s'acharnait alors à évangéliser l'île verte. Saint Patrick voulut à tout prix rencontrer Oisin avant qu'il ne trépasse, afin de le convertir au christianisme.

Il lui suffit d'à peine une journée pour le trouver. Oisin agonisait dans une chaumière, et ses forces le quittaient comme la fumée s'échappant de la cheminée. Nous étions à la fin de l'automne. Un froid rigoureux sévissait déjà, les feuilles des arbres pourrissaient par terre, dans une déchéance beige où s'ébauchait la propre disparition de l'ancien chef de la Fianna.

— Si tu veux être sauvé, lui dit saint Patrick en prenant pitié de lui, si tu veux que ton âme repose en paix pour l'éternité, tu dois être baptisé.

— J'ai tout perdu...

— Pas encore. Il te reste ton âme à préserver.

— Et mes camarades de la Fianna ? Ont-ils été baptisés eux aussi avant de mourir ?

— Non, justement. C'étaient des pécheurs païens, ils ne croyaient pas en Jésus notre Christ. Dès lors, ils n'ont pas fait repentance et sont allés en enfer. Jamais leur souffrance ne s'apaisera.

Oisin avait de plus en plus de mal à parler. Il faiblissait à vue d'œil mais, dans un dernier sursaut d'orgueil, il se redressa et dit à saint Patrick :

— Eh bien, si le paradis n'a pas accueilli Finn et la Fianna, s'il ne leur a pas convenu, il n'y a pas de raison qu'il me convienne non plus ! Je ne finirai pas chrétien !

À peine Oisin avait-il extirpé ces mots de lui-même qu'un spasme violent le secoua, et il rendit l'âme dans un dernier soupir.

À qui l'a-t-il rendue ? Je l'ignore. Peut-être à Niamh. Peut-être à Tir na n'Og. Mais sûrement aussi à l'amitié inaltérable qui l'unirait pour toujours, par-delà la mort, à ses anciens camarades de la Fianna.

16. La fabuleuse vie de Jenny Messy

C'est avec le soleil que Jenny Messy se leva le matin de son dix-septième anniversaire. Ce n'était bien sûr pas un jour comme les autres : non seulement elle pouvait maintenant être considérée comme une femme, mais elle avait la ferme intention de se trouver un mari.

À peine sortie du lit, elle se mit à éplucher des pommes. Non pas pour les manger – encore qu'un certain nombre finit dans son estomac glouton. Ni même pour aider sa mère – Jenny Messy était plutôt égoïste et assez peu serviable. Mais pour y découvrir le nom de son promis : une croyance voulait en effet que la peau d'une pomme pelée d'un seul coup formât l'initial du prénom de l'amour d'une vie.

Il fallut à Jenny, qui en plus d'être gourmande était assez maladroite, une bonne douzaine de pommes afin de parvenir à découper une guirlande de pelure entière. Elle posa à plat sur la table la peau de cette treizième pomme et prononça la formule magique :

Petite pomme, jolie pomme !
Dessine-moi le nom de mon homme !

Apple tree! Apple tree!
Show my true love's name to me!

Soudain la pelure s'anima, frétilla, se tordit et prit la forme d'un « J ». Jenny en était tout excitée. Elle sautait à pieds joints en frappant des mains, et sa tignasse blonde s'agitait dans les airs. Puis elle se calma, intriguée : « Le nom de celui qui m'aimera commence par un J, comme le mien. Qui cela peut-il bien être ? Voyons voir... »

Elle égrena dans sa tête les noms qu'elle connaissait. « Jack le forgeron ? Oh ! non, il est trop bête ! » Mais Jenny n'était pas très intelligente non plus. « John le boucher ? Oh ! non, il est trop gros ! » Mais Jenny n'était pas très mince non plus. « Jason le mineur ? » Elle rêva quelques instants et s'empourpra. « Oh ! oui, il a de si beaux pectoraux ! » Jenny aussi avait... hum ! Elle se décida donc pour Jason le mineur.

Il ne suffit cependant pas de vouloir quelqu'un pour l'avoir... sauf quand on s'appelle Jenny Messy. Elle alla trouver Jason le mineur, et son teint de pêche, le rose de ses joues, sa bonne humeur et ses rondeurs de pomme firent le reste : Jason accepta *illico* de devenir son époux.

Ils se marièrent et n'eurent pas d'enfant. Dans un premier temps... Jason travaillait trop. Il descendait à la mine tous les jours, de l'aube au crépuscule, de sorte qu'il ne voyait pas le soleil. Aussi Jenny était-elle obligée de se *farcir* – c'est bien ainsi qu'elle pensait – sa propre mère à longueur de journée. Celle-ci ne la laissait jamais tranquille, elle sollicitait sans cesse son aide pour les corvées ménagères. Remarquez, cela n'avait rien d'anormal : Jenny se prélassait alors que la vieille femme se tuait à la tâche et s'abîmait la santé. « Prépare le thé par-ci ! Aide-moi à tricoter par-là ! » Jenny ne la supportait plus.

Un jour, elle en avisa Jason. Prenant sa mine la plus triste, la plus abattue, elle lui dit :

— Je suis malheureuse. J'en ai marre d'être seule. Tu n'es jamais là !

— Tu sais bien que je travaille, je ne peux pas faire autrement. Et puis tu n'es pas vraiment seule : il y a ta mère.

— Justement ! miaula Jenny. Elle me rend la vie impossible ! Elle m'exploite, il faut toujours que je fasse tout à sa place ! Je suis en train de craquer...

Elle fit dégouliner une grosse larme pour paraître plus crédible.

— Oh, mon poussin !... s'attendrit Jason.

Le stratagème fonctionnait.

— Je croyais que tu étais heureuse. Allez, dis-moi ce qui te ferait plaisir !

Jenny faisait la moue. Elle fit mine d'hésiter quelques secondes puis déclara, le sourire aux lèvres :

— Vivre avec toi dans notre cottage à nous ! C'est ça que je veux !

C'est bien ce que les femmes finissent toujours par vouloir : vivre à deux. Et Jason céda, puisqu'il voulait rendre la sienne heureuse.

Mais voilà : cela lui infligea encore davantage de travail. Quand il ne besognait pas à la mine, ce pauvre Jason s'acharnait maintenant à construire la maison. Il y suait tout l'amour de son cœur – et toutes les forces de son corps. À la fin de l'année, la maison se dressait. C'était un vrai petit bijou. Un vrai petit bonheur.

Jenny se réjouissait. D'autant plus que Jason l'avait portée dans ses bras, comme font les jeunes mariés pour franchir le seuil de la porte. L'homme continuait de passer ses journées dans l'obscurité de la mine. Son épouse, contentée, sifflait d'insouciance. Mais cela ne dura pas.

Son bonheur se mua bientôt en ennui. C'est que Jenny ne faisait toujours rien : ni le ménage, ni la lessive, ni même la cuisine. Les jours passaient, identiques, et elle ne levait pas le petit doigt. Quand Jason rentrait fourbu, éreinté, il devait encore accomplir toutes ces tâches. Mais l'amour ne l'aveuglait plus maintenant, cet état d'*amourosité* du début qui suspend le jugement, où l'on ne voit pas les défauts de l'autre, seulement ses qualités. Dorénavant, Jason se mettait en colère, car il se rendait bien compte que *sa* Jenny n'était qu'une grosse fainéante.

— C'est inadmissible ! tonitrua-t-il. Toute la journée, tu ne fais rien de tes dix doigts alors que je m'exténue dans la mine !

Mais Jenny savait y faire. Elle cilla, comme si elle était sur le point de pleurer. Fit remonter un ou deux sanglots. Et déclara d'une voix plus douce que le miel :

— Mon amour ! Je t'aime tant, mais je me sens si seule ! Ton absence me pèse, me brise... Ayons un petit...

— Enfant ? fit Jason, les yeux tout à coup écarquillés de bonheur.

— Chat ! Un petit chat ! corrigea Jenny. Il me tiendra compagnie quand tu ne seras pas là. Il me donnera du courage pour affronter la solitude et les corvées de la maison.

Jason dissimula sa déception. Mais sa colère était tombée, et il comprenait le sentiment d'abandon de son épouse. Il consentit donc à lui offrir un chat.

— D'accord ! Mais tu feras attention à la maison ! Je peux compter sur toi ?

— Tu peux. C'est promis ! fit Jenny, les joues roses d'innocence.

Et le couple repartit de plus belle.

Ainsi va la vie à deux, n'est-ce pas ? Une dispute relance la flamme, c'est bien connu. Pendant quelque temps donc, Jenny et Jason furent de nouveau amoureux comme au premier jour.

Surtout, Jenny adorait son nouveau compagnon, Tabby. C'était un chaton très foncé, ses prunelles vertes pétillaient de malice. En fait, il n'arrêtait pas de faire des bêtises : il jouait avec les boules de poussière, déroulait les pelotes de laine partout dans la maison, déchirait les draps du lit avec ses petites griffes... Mais Jenny ne le disputait jamais. Au contraire, elle le caressait, et Tabby ronronnait de contentement.

Un soir d'hiver, Jason rentra encore plus épuisé que d'habitude. Tout à coup, le désordre accumulé depuis plusieurs semaines lui sauta aux yeux. Le mineur éclata de colère :

— Qu'est-ce que vous fichez donc tous les deux ? C'est de plus en plus sale ici ! Regarde ces toiles d'araignées dans les coins ! Je n'ai jamais vu quelqu'un d'aussi paresseux que toi, Jenny ! Tu ne fais strictement rien !

— Oh ! Arrête de crier, veux-tu ? C'est facile de râler quand on n'est pas là toute la journée !

— Je travaiiille ! s'égosilla-t-il. Il faut bien nourrir la famille !

— Eh bien, moi je m'ennuie ! Je n'ai personne à qui parler, et le chat n'a personne avec qui s'amuser !

— Tu n'as qu'à parler au chat et le chat n'a qu'à jouer avec toi !

Jenny s'effondra en larmes, comme elle savait si bien le faire au moment opportun. Jason baissa le ton.

— Allez ! Cesse de pleurer, ça ne sert à rien.

— Je cesserai de pleurer quand je ne serai plus triste. C'est-à-dire dans mille ans !

Et elle en rajouta une couche. On aurait dit que la maison entière allait être inondée. Jason commençait à regretter d'avoir hurlé aussi fort.

— Allez, chérie ! lui dit-il. Dis-moi ce qui te rendrait heureuse.

Jenny s'essuya les yeux, renifla un coup, regarda Jason en face et articula :
— Un bébé !

Avant l'arrivée de l'hiver suivant, un gros poupon rose braillait dans la maison de Jenny Messy. C'était bien le sien, on le remarquait aisément : il avait le même teint de pêche, les mêmes joues rebondies, les mêmes fossettes que sa mère ; et il était tout aussi capricieux.

Il s'appelait Petit Jason. Il aimait la compagnie de Tabby, qui dormait avec lui dans le berceau. Enfin, quand Petit Jason voulait bien dormir : de sa mère, il avait encore hérité cette faculté de pleurer sur commande pour obtenir tout ce qu'il désirait.

Avec les années, cela ne s'arrangea guère. Cela empira même. Dès que son père le grondait, Petit Jason pleurait à s'en décrocher la mâchoire. Et le mineur culpabilisait.

S'il le réprimandait, c'est qu'il en avait assez de voir son fils noir comme la suie, à tel point qu'il lui était une fois arrivé de le confondre avec Tabby. Petit Jason, en effet, jouait dans la saleté avec son chat, et Jenny, fidèle à sa fainéantise, ne le lavait pas. Elle prenait même sa défense face aux semonces de son mari : « La lande est froide, et le vent glacial, lui disait-elle. Au moins, cette couche de saleté lui tient chaud et le protège des rhumes. Tu devrais te

réjouir que ton fils ne tombe jamais malade ! »
Qu'est-ce que Jason aurait bien pu répondre à un raisonnement pareil ?

Avec Petit Jason, Jenny ne s'ennuyait plus. Elle n'en avait plus le temps : il faisait tellement de sottises qu'elle devait le surveiller sans relâche. Une fois même, il renversa un pot de peinture blanche sur Tabby. C'est depuis ce jour-là qu'on surnommait l'animal Blanche-Neige.

La lassitude guettait la grosse femme. Et elle commença de prendre l'habitude de sortir seule l'après-midi. Elle enfermait Tabby et Petit Jason à l'intérieur, et s'accordait quelques heures de détente. Elle partait se promener en ville, libre et légère, mais s'assurait de rentrer bien avant le retour de son mari, lequel n'aurait pas toléré une seule seconde que son fils fût livré à lui-même dans le cottage.

Un après-midi pourtant, où le patriarche soleil faisait dans le ciel des clins d'œil frivoles, Jenny Messy s'oublia. Elle flâna dans la ville jusqu'au crépuscule, s'alarmant tout à coup de n'être pas rentrée. « Jason va être furieux... », pensa-t-elle.

Elle prit ses jambes à son cou et traversa la lande le plus vite qu'elle put. Quand elle atteignit la maison, ce fut le choc : la porte était grande ouverte. « Je n'ai pas de chance, se dit-elle, Jason est déjà là... »

Mais elle n'entrevit pas de lumière à l'intérieur. Aucune bougie ne semblait allumée. Et la cheminée ne fumait pas. Cela l'intrigua. Elle entra dans le cottage à pas de velours et faillit s'évanouir en découvrant ce qu'elle découvrit : son mari n'était certes pas là, mais Petit Jason et Tabby avaient disparu !

« Au secours ! Au secours ! » s'écria-t-elle.

Elle fouilla la maison de fond en comble, comme une forcenée, elle mit tout sens dessus dessous : l'armoire, le placard, le lit... Elle hurla de plus belle : « Jason ! Jason ! Tabby ! Au secours ! Au secours ! » Complètement dépitée, désespérée, elle finit par s'asseoir et laissa le chagrin affluer.

Quand Jason arriva, il trouva une Jenny Messy en haillons : elle avait petit à petit arraché des morceaux de son tablier pour éponger ses larmes. Elle ne cessait pas de pleurer :

— On a volé Petit Jason ! Il n'est plus là ! Je n'ai jamais été aussi malheureuse de ma vie...

Cette fois-ci, c'en était trop : c'était la larme qui faisait déborder le vase. Le mineur s'emporta comme jamais il ne s'était emporté. Il insulta sa femme, la traita d'incapable et dans sa colère mêlée de tristesse il tonna :

— Sors d'ici ! Et mets tout en œuvre pour retrouver notre cher petit ! Ou alors tu auras perdu non seulement ton enfant, mais aussi ton mari !

Pendant quelques secondes, Jenny ne bougea plus, tétanisée, les yeux grands ouverts sur son malheur. Puis elle se précipita dehors, résolue à faire tout ce qu'elle pouvait pour retrouver son fils. Jason avertit les voisins, et tous ensemble ils partirent à la recherche de l'enfant disparu.

La pleine lune moirait la lande. Dans l'obscurité profonde, des reflets vif-argent, parfois bleuâtres, couraient sur l'herbe et les buissons. Les hiboux hululaient, sans qu'ils étouffent les appels de la petite équipe : « Jason ! Jason ! Jason ! » Le prénom résonnait jusqu'aux confins de la lande, mais nulle réponse ne venait en retour. La nuit s'écoula, et l'enfant demeurait introuvable.

Jason était rentré, abattu. Il n'avait pas fermé l'œil mais devait déjà se mettre en route pour la mine. Jenny cherchait toujours, aux abords de la maison. Et alors que l'aurore dardait ses premiers rayons, elle entendit un miaulement. Il paraissait venir d'un ajonc. Elle s'en approcha silencieusement, écarta les branches épineuses et découvrit Tabby. Quel bonheur ! Le chat se frotta contre elle en ronronnant. Puis il miaula pour lui indiquer quelque chose. Jenny rampa sous l'ajonc et trouva enfin son petit Jason.

Il était là, tout endormi, sage comme une image pieuse. Sa tête reposait sur un oreiller de pétales confectionné à cet effet, et son petit corps était précautionneusement enveloppé de chintz. La mère embrassa l'enfant et l'emporta dans la maison. Jason exulta de soulagement. Ils se serrèrent tous les trois. Ensuite, la joie laissa place à la curiosité.

— Je me demande qui l'avait enlevé... dit Jason. Et pour quelle raison si c'est pour nous le rendre ?

Jenny avait déjà sa petite idée là-dessus, car elle savait que les fées adorent le chintz et son aspect brillant. En dépliant la toile, ses doutes se confirmèrent : elle aperçut une marque étrange, de la taille d'une tache de rousseur, sur la plante du pied de l'enfant.

— Je connais bien les fées, dit Jenny, ma mère m'en a souvent parlé quand j'étais petite. Voici la trace de leur passage, de leur œuvre...

Jason s'étonna. Il n'avait jamais eu affaire aux forces surnaturelles.

— Et que veulent-elles ? demanda-t-il, inquiet.
— Finir le travail, sans doute.
— Quel travail ?
— Je l'ignore, Jason. Tout ce que je sais, c'est que les fées craignent la lumière du jour. Elles ont donc abandonné notre bébé ce matin mais viendront le récupérer ce soir.

— Il faut les en empêcher ! martela l'homme.
— Oui. Nous allons être vigilants.

Le couple informa le voisinage, non seulement de leur bonheur d'avoir retrouvé leur fils, mais de la nouvelle menace qui les taraudait. Les voisins acceptèrent de les aider. Ils promirent d'être attentifs et de donner l'alerte en cas de suspicion.

Cette nuit-là, Jenny et son mari se tinrent aux aguets. Ils restèrent éveillés et ne quittèrent pas des yeux Petit Jason. Et comme les fées ne daignent pas se frotter aux adultes, elles ne montrèrent pas le bout de leur nez.

Jenny ne serait plus jamais complètement rassurée. Plus jamais complètement insouciante. Elle savait que les fées pouvaient surgir à tout moment de la nuit. Et elle ne voulait plus revivre la frayeur de perdre son enfant.

C'est ainsi qu'elle devint une mère dévouée. Désormais, Petit Jason recevait une éducation stricte. Jenny veillait notamment à ce qu'il fût propre et bien habillé.

Jason ne se mettait plus en colère. Il n'y avait plus de raison : la maison était rangée, et quand il rentrait laminé par la mine, un repas concocté avec attention l'attendait.

Le soir, alors que le clair de lune filtrait à travers la chaumière, le couple se souvenait de cette fameuse nuit où ils avaient perdu leur cher petit et avaient parcouru la lande moirée. Assis côte à côte dans le sofa, main dans la main, Jason demandait à sa femme :

— Tu es sûre que c'est la marque des fées ?

Et Jenny répondait invariablement :
— Je suis sûre que c'est la marque de la chance.
Car, chaque jour, cette marque lui rappelait qu'elle avait dorénavant tout pour être heureuse.

Bibliographie

Livres consultés :

BARBER Richard, *Myths and Legends of the British Isles,* Woodbridge: The Boydell Press, 1999.
EBBUTT M. I., *The British,* "Myths and legend series", New York: Avenel Books, 1986.
WILLIS Roy (sous la direction de), *Mythologies du monde entier,* trad. Paris : France Loisirs, 1995.
COLLECTIF, *Scottish Fairy Tales,* London: Random House, 1994.

Olivier Larizza

L'auteur a beaucoup voyagé dans les pays anglophones (Angleterre, Irlande, Malte, États-Unis, Canada...) et il est devenu professeur de littérature anglaise à l'université. Né à Thionville, il partage aujourd'hui sa vie entre la Martinique et Strasbourg. Il a publié de nombreux ouvrages, romans, récits, essais et poèmes. Ses textes sont traduits en plusieurs langues.

Du même auteur :

Chez Flammarion Jeunesse :
24 Contes des Antilles

Chez d'autres éditeurs :
Léonard de Vinci (Actes Sud junior)
Ti-Jean et le festin du roi (Nathan)

La Source miraculeuse et autres contes des Caraïbes (Oskar jeunesse)

Oscar le renard et l'impala de la savane (Oskar jeunesse)

Frédéric Sochard

L'illustrateur est né en 1966. Après des études aux Arts décoratifs, il travaille comme infographiste et fait de la communication d'entreprise, ce qui lui plaît beaucoup moins que ses activités parallèles de graphiste traditionnel : création d'affiches et de pochettes de CD. Depuis 1996, il s'autoédite, et vend « ses petits bouquins », de la poésie, sur les marchés aux livres. Pour le plaisir du dessin, il s'oriente désormais vers l'illustration de presse et la jeunesse. Et avec tout ça, il a trouvé le temps de faire plusieurs expositions de peinture...

Table des matières

Introduction 7

1. La sirène de Zennor.. 13
2. Le renard et le loup 23
3. La colombe et la mauvaise femme 35
4. Hugh et le Crooker.. 45
5. Le géant et le cordonnier 51
The Giant and the Cobbler 57
6. Snorro le nain et le comté des Orcades..... 61
7. Le chien noir 79
A Shaggy Black Dog Story 89
8. Le Gwiber de Penmachno................................ 97
9. Thomas le Poète... 103
10. On reconnaît l'arbre à ses fruits 125
11. Le pays perdu 131
12. Lady Godiva 137
13. Le bannock en balade 143
14. Guenillette.. 155
15. La légende de Oisin 167

16. La fabuleuse vie de Jenny Messy.................. 181

Bibliographie... 195
Olivier Larizza.. 197
Frédéric Sochard.. 199

CONTES, LÉGENDES ET RÉCITS

Écoutons la voix des conteurs
qui nous font vivre
de fabuleuses histoires.

TITRES DÉJÀ PARUS

Flammarion jeunesse

10 CONTES DES MILLE ET UNE NUITS
Michel Laporte

Il était une fois la fille du grand vizir, Schéhérazade, qui toutes les nuits racontait au prince une nouvelle histoire pour garder la vie sauve. Ainsi, naquirent Ali Baba et les quarante voleurs, La fée Banou ou Le petit bossu... Ces dix contes, aussi merveilleux que célèbres, nous plongent au cœur de l'univers féérique des Mille et Une Nuits.

« Ali Baba entra dans la grotte ; la porte se referma derrière lui, mais cela ne l'inquiétait pas car il savait comment l'ouvrir. Il s'intéressa seulement à l'or qui était dans des sacs. »

Flammarion jeunesse

10 CONTES DU TIBET
Jean Muzi

Dans les hauteurs et sur les plateaux du Tibet,
il est possible de croiser au détour d'un chemin monstres
sacrés, crapauds réincarnés et autres princes répudiés...
Ces récits légendaires ouvrent les portes d'un imaginaire
surprenant et poétique, où la sagesse et la ruse tiennent
une place essentielle. Dix contes pour faire entendre
la voix de la culture tibétaine.

*« C'est alors que le crapaud ouvrit la bouche. Et au lieu
de son habituel cri métallique, il en sortit de vraies paroles
qui émurent tant la vieille femme que des larmes de joie
perlèrent sur ses joues ridées. »*

Flammarion jeunesse

12 RÉCITS DE L'ILIADE ET L'ODYSSÉE
Homère, adapté par Michel Laporte

Généreux et colériques, fragiles et forts, les héros homériques sont humains ! Douze récits passionnants qui nous plongent au cœur des combats d'Achille et d'Hector, durant la guerre de Troie, et nous font voyager aux côtés d'Ulysse lors de son extraordinaire épopée. Des histoires qui, depuis l'Antiquité grecque, suscitent la même fascination…

« Je reconnais bien là ton cœur de fer. Mais prends garde à la colère des dieux ! Le jour est proche où, si brave que tu sois, tu périras à ton tour ! »

Flammarion jeunesse

13 CONTES DU CORAN ET DE L'ISLAM
Malek Chebel

De la naissance du Prophète Mahomet à son ascension au ciel, treize récits pour découvrir l'islam.
Les figures les plus célèbres, Abraham ou Abou Bakr, y côtoient des personnages de contes comme Sindbad le Marin et son géant farceur. Tous ces récits ont en commun leur message, un message de lumière...

« Ismaël était né. Beau, comment pouvait-il en être autrement ? L'enfant est roi dans tout l'Orient, mais celui-ci était l'enfant d'Abraham. Hagar dit : il sera prophète comme son père ! »

Flammarion jeunesse

16 MÉTAMORPHOSES D'OVIDE
Françoise Rachmuhl

Ovide nous entraîne aux côtés des divinités et des héros les plus célèbres de l'Antiquité. Jupiter s'affirme en tant que maître du monde, Narcisse adore son propre reflet, Persée multiplie les exploits tandis que Pygmalion modèle une statue plus vraie que nature... Aventure, amour, défis et prouesses, un monde à la fois réaliste et merveilleux s'ouvre à vous.

« Acétès, chargé de chaînes, fut enfermé dans un cachot aux murs épais. Mais tandis qu'on préparait les instruments de son supplice, d'elles-mêmes les chaînes tombèrent, les portes de la prison s'ouvrirent, comme par un tour de magie. »

Flammarion jeunesse

18 CONTES DE LA NAISSANCE DU MONDE
Françoise Rachmuhl

Comment le monde est-il né ? Est-il sorti d'un œuf
comme un oiseau, d'un ventre comme un enfant ?
A-t-il flotté au fond des eaux ? Comment était-ce
avant les hommes, avant les animaux ?
Venus des cinq continents, ces contes peignent des visions
différentes de la naissance du monde, du ciel, des astres...
et même du moustique !

« Avant nous, avant notre époque, disent les vieux,
il y eut quatre genres de vie, quatre genres d'hommes,
sous quatre soleils différents. »

Flammarion jeunesse

30 CONTES DU VIÊT-NAM
Nguyên-Xuân-Hùng

Pourquoi le tigre a-t-il des rayures ?
Quelle est l'origine des singes aux fesses rouges ?
D'où viennent les moustiques ? Les contes de ce recueil
nous transportent des rizières embrumées aux temples
cachés dans la jungle, pour nous plonger au cœur
d'un mystérieux Viêt-nam. Un merveilleux voyage
dans les profondeurs de l'Asie !

« Le buffle, qui assistait à la scène, fut pris d'un fou rire.
Il riait en secouant si fortement sa lourde tête qu'il cogna
sa mâchoire par terre à s'en casser les dents. »

Flammarion jeunesse

LES ANIMAUX, TOUTE UNE HISTOIRE...
Présenté par Anne de Berranger

Le renard apprivoisé du Petit Prince, la gentille couleuvre
de Jean de La Fontaine ou la pauvre chèvre de M. Seguin,
ces « héros-animaux » nous donnent bien des leçons !
Une invitation à plonger au cœur de grands textes
et à découvrir les aventures extraordinaires de ces animaux
qui, en prose ou en vers, nous soufflent leurs secrets...

*« La chèvre entendit derrière elle un bruit de feuilles.
Elle se retourna et vit dans l'ombre deux oreilles courtes,
toutes droites, avec deux yeux qui reluisaient…
C'était le loup. »*

Flammarion jeunesse

LES DIEUX S'AMUSENT
Denis Lindon

Un précis de mythologie aussi savant que souriant.
Un livre passionnant, drôle et instructif qui permet de
découvrir les plus belles histoires du monde :
les amours de Jupiter, les travaux d'Hercule, les colères
d'Achille, les ruses d'Ulysse... Des récits qui nous font
pénétrer dans l'univers extraordinaire
de ces drôles de héros !

*« Muni de son arc et de sa massue, Hercule se mit
à la recherche du lion de Némée et le trouva bientôt.
Il tenta d'abord de le tuer à coup de flèches, mais la peau
du lion était si épaisse que les flèches n'y pénétraient pas. »*

Flammarion jeunesse

Imprimé en Barcelone par:

A CPI COMPANY

Dépôt légal : mai 2011
N° d'édition : L.01EJEN000656.N001
Loi n° 49-956 du 16 juillet 1949
sur les publications destinées à la jeunesse